THE PRINCE AND THE PAUPER

王子与贫儿

THE PRINCE AND THE PAUPER

〔美〕马克·吐温◎著

姚锦镕◎译

辽海出版社

图书在版编目（CIP）数据

王子与贫儿/（美）马克·吐温著；姚锦镕译．—沈阳：辽海出版社，2017.5
ISBN 978-7-5451-4054-5

Ⅰ．①王… Ⅱ．①马… ②姚… Ⅲ．①长篇小说—美国—近代 Ⅳ．① I712.44

中国版本图书馆 CIP 数据核字（2017）第 092883 号

责任编辑：丁　雁
封面设计：余　微
责任校对：晓　云

出版者：辽海出版社
地　址：沈阳市和平区十一纬路 25 号
邮　编：110003
电　话：024-23284381
E-mail：dszbs@mail.lnpgc.com.cn
http://www.lhph.com.cn
印刷者：北京德富泰印务有限公司
发行者：辽海出版社

幅面尺寸：147mm × 210mm
印　张：8
字　数：152 千字

出版时间：2017 年 6 月第 1 版
印刷时间：2017 年 6 月第 1 次印刷
定　价：28.00 元

译本序

本书作者马克·吐温1835年11月30日生于美国密苏里州佛罗里达的乡村，本名塞缪尔·兰亨·克莱门斯。四岁时全家迁居密西西比河畔的小镇汉尼拔。父亲约翰·克莱门斯当过村里的治安法官，还开过杂货店，但命运不济，一生穷困潦倒。马克·吐温十二岁时，父亲去世，他便开始独立谋生，先在印刷厂当学徒，后来当排字工人，1858年来到航行于密西西比河的轮船上学习领航技术，但好景不长，南北战争爆发，密西西比河航运业务停止，马克·吐温改去西部淘金，1863年起以“马克·吐温”为笔名，开始撰写通讯报道和幽默小品，从此走上了文学创作的道路。1865年，他根据民间传说写成的短篇小说《卡拉维拉斯县驰名的跳蛙》使他一举成名。此后他的通讯集《傻子国外旅行记》(1869)、《镀金时代》等先后出版，使他成为幽默大师、小说家和19世纪后期美国现实主义文学的杰出代表之一。1910年4月21日马克·吐温因狭心症不治逝世，享年七十五岁，安葬于纽约州艾玛拉。

马克·吐温是美国批判现实主义文学的奠基人，世界著名的短篇小说大师。他经历了美国从“自由”资本主义到帝国主义的发展过程，其思想和创作也表现为从轻快调笑到辛辣讽刺再到悲观厌世的发展阶段。他的早期创作，如短篇小说《竞选州长》(1870)等，以幽默、诙谐的笔法嘲笑美国“民主选举”的荒谬和“民主天堂”的本质。中期作品，如长篇小说《镀金时代》(1874，与华纳合著)、代表作长篇小说《汤姆·索亚历险记》、《哈克贝利·费恩历险记》(1886)及《傻瓜威尔逊》(1893)等，则以深沉、辛辣的笔调讽刺和揭露像瘟疫般盛行于美国的投机、拜金狂热，以及暗无天日的社会现实与惨无人道的种族歧视。《哈克贝利·费恩历险记》通过白人小孩哈克跟逃亡黑奴吉姆结伴在密西西比河流浪的故事，不仅批判了封建家庭结仇械斗的野蛮，揭露私刑的毫无理性，而且讽刺宗教的虚伪愚昧，谴责蓄奴制的罪恶，并歌颂黑奴的优秀品质，宣传不分种族、地位人人都享有自由权利的进步主张。作品文字清新有力，审视角度自然而独特，被视为美国文学史上具划时代意义的现实主义著作。19世纪末，随着美国进入帝国主义发展阶段，马克·吐温一些游记、杂文、政论，如《赤道环行记》（1897）、中篇小说《败坏了赫德莱堡的人》（1900）、《神秘来客》（1916）等的批判揭露意义也逐渐减弱，而绝望神秘情绪则有所增长。

马克·吐温以高超的幽默、机智与名气，被称为美国最知名人士之一，曾经被推崇为“美国文坛巨子”，擅长写具有讽刺意味的小说。他曾被誉为文学史上的林肯。海伦·凯勒曾言：“我喜欢马克·吐温——谁会不喜欢他呢？即使是上帝，亦会钟爱他，赋予其智慧，并于其心灵里绘画出一道爱与信仰的彩虹。”威廉·福克纳称他为“第一位真正的美国作家，我们都是继承他而来”。他是美国乡土文学的集大成者，海明威曾经说过“一切当代美国文学都起源于马克·吐温一本叫《哈克贝利·费恩历险记》的书”。

《王子与贫儿》是马克·吐温于1881年发表的一篇小说。小说利用童话的形式、巧妙的讽刺、幽默的语言，描述了同一天出生的两个主人公——王子小爱德华与贫儿小汤姆的故事。王子一出生便举国欢庆，过着皇家锦衣玉食的生活。但贫儿汤姆“裹在破衣烂衫里，被冷落在一边，他的出生竟成了这穷人家的一大累赘”。两人形成了鲜明的对比。一个偶然的机会，鬼使神差，这两个少年戏剧性地交换了身份，从而演出了一场阴阳颠倒、令人哭笑不得的悲喜剧，从此两个人便过上了天壤之别的迥异生活——贫儿小汤姆过上了自己梦寐以求的“王子生活”，穿着王子的衣服在王宫里尽享荣华富贵，还当上了英国的新国王。而小王子爱德华却在外四处流浪，不得不忍受贫穷和乞丐们的欺凌与嘲讽的小乞丐生活。幸好在具有侠义之心的亨登帮助下，爱德华王子经历了重重劫难，最后终于回到了王宫。而贫儿汤姆将不属于自己的王位还给了真正的王子。素有“幽默大师”之称的作者以他那轻松有趣的笔调、幽默风趣的语言，带给读者阅读的快乐的同时，极大地激发了他们的想象力。故事中对纯洁、善良、美好事物的向往，对正直、博爱、仁慈、坚毅、勇敢等高尚品质的赞颂，以及对民主、平等、自由、友谊等可贵的强调，使这部小说成为富于教育价值的作品。本书出版后深受各国民众的喜爱，被多次拍成电影，影响巨大。

小说用鲜明的对比手法，展现了劳动人民生活的极端艰难困苦和统治阶级生活的极端豪华奢侈。与此同时，小说还鲜明地表明了人生来平等的民主主义思想和环境决定人物性格的唯物主义观念。汤姆并非天生就只能当贫儿，爱德华也不是生来就只能当王子，全部的不同只在服饰和地位。爱德华就曾跟汤姆说：“要是我俩光着身子走出去，谁也看不出哪个是你，哪个是威尔士王子。”的确，当贫儿穿上王子的衣服时，大家都把他当成王子；而爱德华穿上贫儿衣服后，大家便认定他是贫儿，这里既没有什么“天生富贵”，也没有什么“天赋王权”，问题的关键只在穿什么服饰和处在什么地位。不仅如此，汤姆在穿上王子的衣服，被人推上王位后，便立即颁发仁慈的法律，释放无罪的囚犯，否定封建法律的荒谬，指责宗教裁判所的草菅人命，成了被万民拥戴的开明君主。而爱德华在穿上贫儿衣服后，也能在重新当上国王时废止酷刑，昭雪冤狱，颁布新法，改善人民的处境。这不是他们的心血来潮或良心复苏，这是他们所亲身经历的生活对人物性格的客观影响，是健康、朴素的人民生活对人的改造作用。汤姆从人民中来，健康、朴素的人民生活使他从小就具有善良、正直的品质和同情苦难、疾恶如仇的性格。而爱德华从王宫走到人民中去以后，受人民生活的影响，也逐渐具有了跟统治者截然不同的品质和性格。当他被教养院的孩子嘲弄和痛打后，并没有记仇，只想到："我一旦坐上了王座，不仅只是让他们有地方住，有饭吃，还得教他们读书，因为光吃饱肚子还不够，脑子空空，心灵得不到营养，这样就毫无价值了。这事我要谨记在心，时刻不忘今天的教训，永远不让自己的百姓因此受苦，因为学问可以使人心肠变软，举止优雅，具有仁爱之心。"可见小王子的爱民之心。

小说虽然取材于16世纪的英国，但小说所描写的人民大众的苦难生活，让读者很自然会联想到19世纪七八十年代美国劳动人民的艰难处境；小说所描写的统治者的所作所为，让读者很自然会联想到当时美国资产阶级政府的专横欺诈；汤姆和爱德华交换身份后的思想言行，也让读者很自然会联想到深刻的种族歧视。

贫儿汤姆的故事在历史中确有其事，贫儿汤姆可能就是爱德华六世的臣民汤姆·坎逖。他出生贫苦，但6岁就因为是"国王的好朋友"成为"英国国王的保护者、圣公会的主持和坎伯雷特大主教"。16岁时年轻的国王爱德华六世去世，新的女王玛丽一世复辟天主教并大肆迫害新教教徒，将汤姆关进伦敦塔，伊丽莎白一世即位后才得以释放，重新任圣公会的主持，死后英国议会追封他"摄政国王"和"圣公会之父。"

本书系根据牛津大学出版社出版的《马克·吐温文集》第九卷译出。

译者

二〇一六年七月

作者序

我这故事是从别人那儿听来的，现在完全按说故事的人那样如实地把它写出来。那人是从他爸爸那里听来的，他的爸爸呢，也是从自己的爸爸那里听来的，他爸爸的爸爸又是从自己的爸爸那里听来的。如此这般，往前推算起来，这故事已流传三百多年了。于是父子相承，口耳相传，这故事便得以延续下来。这故事也许是史实，或许只是人家的胡编乱造；也许业已发生过，也许压根儿没有过的事，也许不无发生的可能。聪明博学之士都相信古时候确实存在这种事，而头脑简单、无知无识之人也喜欢并相信这故事。

目录

第 一 章　王子与贫儿的降生…………………………1
第 二 章　汤姆的幼年生活…………………………3
第 三 章　巧遇王子…………………………8
第 四 章　王子遭难…………………………15
第 五 章　汤姆成了王子…………………………20
第 六 章　汤姆习礼…………………………29
第 七 章　汤姆初用御膳…………………………37
第 八 章　国玺问题…………………………42
第 九 章　河上盛况…………………………45
第 十 章　落难的王子…………………………49
第十一章　在市政厅…………………………58
第十二章　王子和他的救星…………………………65
第十三章　王子失踪…………………………77
第十四章　“老王驾崩，新王万岁！”…………………………83
第十五章　汤姆当上了国王…………………………95
第十六章　御膳…………………………107
第十七章　疯子一世…………………………110
第十八章　王子落入流浪汉手中…………………………122
第十九章　国王在农家…………………………131
第二十章　王子与隐士…………………………138

第二十一章　亨登救驾…………………………………… 145
第二十二章　阴谋诡计的牺牲品……………………………… 150
第二十三章　王子成了囚犯………………………………… 157
第二十四章　脱逃…………………………………………… 162
第二十五章　亨登宅邸……………………………………… 167
第二十六章　警告　……………………………………… 177
第二十七章　狱中…………………………………………… 183
第二十八章　代人受罚……………………………………… 195
第二十九章　到伦敦去……………………………………… 200
第 三 十 章　汤姆有了长进………………………………… 202
第三十一章　新王受贺……………………………………… 206
第三十二章　加冕大典……………………………………… 213
第三十三章　爱德华登基…………………………………… 226
尾　　　声　善恶有报……………………………………… 235

第一章　王子与贫儿的降生

16世纪第二个二十五年的秋天，古老的伦敦城一户姓肯逖的人家生了一个男孩。对这个穷苦人家来说，孩子的出生并不觉得是件喜事。就在同一天，另一户姓都铎的富贵人家也生了一名男孩，乐得全家欢天喜地。英国人久已盼望有这等大喜事，人人都曾向上帝祈求，如今梦想成真，举国为之欣喜若狂，哪怕是稍稍相识之人，也无不互相拥抱亲吻，喜极而泣。不问富贵贫贱，人人都休假歇息，狂欢作乐，唱歌跳舞，夜以继日，闹腾了好几天。白天里，伦敦城景象万千，阳台和屋顶上彩旗招展，大街上喜庆人群往来不绝。到了夜晚，场面更可观，处处祝火燃烧，四周围着一大帮狂欢的人群，忘情作乐。全英国人嘴不离口这新生儿太子爱德华·都铎，别的绝口不谈。可这孩子身裹绫罗绸缎，对这喜庆场景一无所知，一无所觉，意识不到有那么多王公贵族、宫女贵妇对自己百般疼爱，万千呵护——对此竟无动于衷。另一个孩子汤姆·肯逖呢，裹在破衣烂衫里，被冷落在一边，他的出生竟成了这穷人家的一大累赘，他家正为此而暗自发愁。

第二章　汤姆的幼年生活

一晃好多年过去了，这几年的事暂且略过不表。

单说伦敦已有一千五百年的历史了，算来是当时的一座大都会，城里的居民有十万之众——有人以为比这还要多一倍。城里的街道狭窄，且曲里拐弯，乌七八糟，尤其是汤姆所居住的那一区，离伦敦桥不远。那里的房子全是木头打造的，二楼突出在一楼之外，三楼又往二楼之外伸胳膊踢腿。楼房建得越高，其势力范围扩展得越广。房子的骨架全是用结实的木料交叉钉成的，中间又加上一些牢靠的建材，外面再涂一层灰泥。房梁按房主的喜好各漆上红、蓝、黑不同颜料，看起来别有一番情趣。窗子都很狭小，嵌上菱形小块玻璃，而且都像门那样，装着合页，好向外开去。

汤姆父亲住的房子坐落在“布丁”胡同外一个叫“垃圾大院”的肮脏小死胡同里。房子很小，破破烂烂，东倒西歪，可里面挤挤挨挨塞满好几户穷困潦倒的人家。肯逖一家人住在三楼的一个房间里，父亲和母亲在一个角落里摆上一张还算是床的床。汤姆、他奶奶和两位姐姐贝特和楠，就不受任何约束，满房间的地板供他们享用，爱睡在哪儿，悉听其便。家里备有一两条破布条似的毯子，外加几捆陈年的脏干草，不过要把这几样破玩意儿算作床铺，似乎有失公允，因为它们都是胡乱堆放在那里的，早晨被踢成了一大堆，到了晚上才被拣出来享用。

贝特和楠是一对双胞胎，年方一十五，心地善良，邋里邋遢，衣衫褴褛，无知无识。母亲跟她俩不相上下。可父亲和奶奶却是一对恶魔，捞到机会就喝得天昏地黑，彼此就大打出手，或是见到谁就打谁。不问是醉是醒，动辄咒天骂地。约翰·肯逖专干小偷小摸的勾当，他母亲则以行乞为生。两个人把手下的孩子都教成了叫花子，只是没能把他们调教成小偷。在这座房子里住着的全是些不三不四之辈，只有一人例外，他是名善良的老神甫，凭着国王所赐的几文微薄的养老金才住到了这里。他常常把房子里的孩子叫到一边，暗地里教他们一些做人的规矩。安德鲁神甫也教汤姆一些拉丁文，教会他读书写字。他同样也教导那几个女孩子，但是她们害怕受到自己朋友的奚落，因为那些人说什么也受不了她俩具有这些稀奇古怪的能耐。

整个垃圾大院跟肯逖家一样，也是乱糟糟的。酗酒、斗殴、咒骂成了家常便饭，夜夜如此，常常是通宵达旦。被打得头破血流，就像挨饿，在这里已是司空见惯。不过小汤姆并不觉得这样的日子不快活，一时还没有觉察出这种日子有多苦。反正大院里的孩子都是这样过着，所以他认为自己过着的也是正常而满足的生活。晚上回家时，如果他两手空空，一无所获，他知道定会先受父亲一阵臭骂，接着便是一顿毒打，然后奶奶如法炮制，且变本加厉。到了深夜，他那饿着肚皮的妈妈照例偷偷溜到他身边，宁肯自己空着肚子，把牙缝里省下来的少得可怜的面包皮和冷菜塞给了他，尽管她的这种大逆不道行为会招来丈夫的一顿毒打，她也在所不惜。

反正汤姆的日子可说是过得顺顺当当，尤其是夏天。他并不贪心不足，只要讨到足够的东西填饱肚皮他就知足了，因为法律对行乞行为十分严厉，办起罪来决不手软。所以他有很多时间用来听好心的老神甫安德鲁说的迷人的古老故事和传说，说的都是巨人、仙女、小矮人和妖魔鬼怪，以及被施了魔法的城堡、威风凛凛的国王和王子。于是他满脑子装的都是这些稀奇古怪的事儿。许多晚上，黑暗中，他躺在寒酸而发臭的干草里，又累又饿，挨过揍的身子还隐隐作痛，他便施展起了自己的想象力，忘了疼痛，沉醉在自己所描绘的一座王宫里的一位养尊处优的王子富贵豪华的生活中。慢慢地他心生一个愿望，为此而日思夜想。那就是他要亲眼一睹真实的王子生活。有一次他把自己的这个心愿给大院里的玩伴说起，他们听了无不嘲笑他，狠狠地挖苦他，害得他从此情愿把自己的梦想深埋在心中。

他经常读神甫的古书，让他知道更多、更详尽了解这方面的情况。慢慢地对他的梦想和阅读范围产生了强烈的影响。他梦想中的那些人物个个都是那么十全十美，害得他对自己褴褛的衣衫和肮脏的生活也不满起来，盼望着自己也能衣冠楚楚，干干净净。他照旧还是在那泥泞的脏院子里玩耍，玩得也挺痛快。他不单从在泰晤士河里戏水中得到了乐趣，他还在水中洗刷时寻找到另一番价值。

汤姆经常可以看到契普赛街的五月花柱附近和集市上的一些活动，间或也和其他的伦敦人看到士兵押着某一位不幸的要人由陆路或水路到伦敦塔去。某年夏季的一天，他还在史密斯菲尔德区看见不幸的安妮·艾斯丘和三个男人被绑在火刑柱上烧死，并且还听见一位前任主教给他们讲道，对此他并不感兴趣。是呀，汤姆的生活大体上是丰富多彩，也很愉快的。

后来汤姆所读的有关王子的书籍和做过的梦对他产生了非常大的影响，惹得他不知不觉间学起了王子的架势来了。他的言行举止古怪地变得斯文，显出宫廷的气派，看得他那些好伙伴又羡慕，又好笑。从此汤姆自己对那班少年朋友的影响力越来越强，大家无不怀着敬畏的目光，对他另眼相看。在他们的眼中汤姆简直成了个出类拔萃、无所不知的人物！他能创造出无数人间奇迹！此外，他高深莫测，足智多谋。于是汤姆的话语和举动都被这些孩子报告给了自己的长辈，他们听了立即对汤姆·肯逖纷纷议论了起来，在他们的眼中汤姆不啻成了非凡的天才。成年人往往过来请汤姆解疑释难，对得到的大智大德的指教无不大为惊异。事实上，在认识他的所有人心目中，他已成了个英雄人物了。不过他自己家里人除外，他们压根儿看不出他有什么过人之处，无非是个寻常人而已。

不久，汤姆亲手组织了一个小王朝！他自己就是该王朝的王子，他那些好朋友不是禁卫，就是宫廷大臣，有当武官的，也有当侍从和宫女的，更有当王室成员的。每天，这位冒牌的王子都要接受大家的朝拜，这套隆重的繁文缛节都是他从读过的传奇故事书里学来的；每天，这一虚构的王朝都在御前会议室议论朝政；每天，这位假装的殿下都要给想象中的海陆军和总督们颁发法令。

散朝后，他便身穿破衣烂衫，外出乞讨几枚铜子儿，啃几口可怜的面包皮，接受赐给自己例行的痛揍和毒骂，然后往自己那一份臭干草上躺下去，在美梦中消受那份虚幻的荣华富贵。

但是他还是渴望哪怕是亲眼目睹一位名副其实、有血有肉的真王子。这愿望一天天、一星期一星期在增长，终于吞没了他的其他一切期待，成了他生活中唯一的追求。

一月的一天，他照例外出乞讨。在敏兴胡同和小东契普街四周流浪了一小时又一小时，赤着双脚，害得他筋疲力尽，眼巴巴地望着饭馆的橱窗，实指望能得到摆在那里一块馋虫难挡的肉饼和可望而不可即的食物——在他看来，这都是天使享用的美味——他是凭香味作出这等判断的——因为此前他从没拥有过或尝过一口这类食物。这天纷纷扬扬下着毛毛冷雨，天色阴沉沉的，这可是个糟糕透顶的日子。晚上回家时，汤姆浑身湿透，又累又饿，连他的爸爸和奶奶见了他这惨景也动了恻隐之心——他们自有其同情之法，那就是赏他一顿拳脚，然后立即打发他睡去。他浑身疼痛，肚皮空空，加上那所房子里不绝于耳的阵阵咒骂声和斗殴声，害得他久久不能入睡。最后他的思绪终于飘忽而去，到了一个遥远而浪漫的国度，他到底进入了梦乡，陪伴他的是一些穿金戴银、珠光宝气的王子，他们待在宽敞无比的宫殿里，面前有仆人给他们行额手礼，或急匆匆跑去执行他们的命令。照例，他自己便是梦中的王子了。

就这样，整整一个晚上，他流连于皇家辉煌的光环之中，他在通明的灯光下，出入大臣和贵妇人群中，呼吸着芬芳的气息，陶醉于美妙的音乐，那些浑身珠光宝气的贵人见了他无不纷纷给他让路，鞠躬致敬，他也跟着时而笑容可掬，时而点头答礼，不失王子风度。

可是早晨醒来后，一见眼前那败落的惨景，刚做过的美梦中所经历的情景照例对他产生了作用——越发令他感到自己所处的环境千百倍的糟糕。紧跟着他越发伤心断肠，苦泪涟涟了。

第三章　巧遇王子

汤姆空着肚皮，饥肠辘辘地外出闯荡去了，不过头天晚上那灿烂辉煌的残梦还在他的脑子里时隐时现。他在城里东闯西逛起来，始终没有留意自己去了哪里，对周围发生的事也无知无觉。有人推他撞他，有人呵斥他，但是这想着心事的孩子对此都无动于衷。不久他到了圣殿门，这里是过去由家里往这个方向去过最远的地方了。他停下脚步，想了片刻，又陷入了想象世界中。他一直走下去，来到伦敦城墙外，当时的河滨街已不是一条乡村小路，可看作一条街道了，不过这种说法有些牵强，因为街的一边虽然有一排排密密匝匝的房屋，房子挤挤挨挨都靠得很近，但道路的另一边散落着一些高大的建筑物，那都是富贵人家的宅邸，带着宽敞的庭院，直抵河岸，都是些占地好几英亩、砖砌石造的高大阴森的大宅院。

逛着逛着，他不觉来到查林山庄，便在一座美丽的十字架前停下来歇息。那十字架是早年一位国王为自己亡故的亲人而建的。过了一会儿他又沿着一条幽静而美丽的小道信步前去，过了红衣大主教庄严的宅邸，朝着一座更加宏伟、更加富丽堂皇的宫殿——威斯敏斯特宫——走过去。汤姆瞪着双眼望着这一大堆建筑物，望着远远延伸出去的侧楼、阴沉沉的棱堡和角楼、高大的石门，门上是漆着金黄色的门栅，门前蹲着一排威严、硕大的石狮子，此外还有数不尽的英国皇家的标志和表征，看得他喜不自禁，惊叹不已。这下他梦寐以求的愿望该满足了吧？这儿可是一座实实在在、货真价实的王宫，要是老天有眼，在这儿他不是可以目睹一位王子——一位有血有肉、活生生的王子的尊容了吗？

金色大门的两边各立着一个活的雕像，显然那是威严地站立着一动不动的卫兵，从头至脚穿着一副闪闪亮的金属盔甲。许多乡下人和城里人，为了表示尊敬，站在一段距离之外，等待机会，一饱见到皇族风貌的眼福。华贵的马车里面坐着鲜衣亮服的人，车外也是鲜衣亮服的仆人，从另外几条与王宫相连的漂亮的出入口进进出出。

可怜的汤姆一身破衣烂衫，胆战心惊，满怀越来越高涨的希望，慢慢从门前两名卫兵面前走了过去。就在这时候，他突然看见金漆大门里出现一个奇观，他喜出望外，禁不住惊呼了一声。原来门内站着一位标致的男孩子，由于经常在户外运动和锻炼，皮肤晒得黑里透红，穿着绫罗绸缎，满身的珠光宝气，腰间佩着小宝剑和匕首，上面镶着宝石，脚蹬小巧的红后跟的短筒靴，头戴华丽的深红色帽子，帽上缀一颗大宝石，插着几根下垂的翎毛。他的身旁跟着几名穿戴讲究的先生——毫无疑问，他们都是那孩子的仆从。啊！他便是王子——是王子，活生生的王子，货真价实的王子——毫无疑问，这贫儿衷心祈求的梦想终于成真了。

汤姆高兴得呼吸局促起来，他瞪大双眼，又惊又喜，脑子一片空白，只痴想着一件事：那就是走到王子身边去，真真切切、仔仔细细看看他。他还在恍惚犹豫中把脸贴近了栅门，刹那间一名卫兵粗暴地一把揪住他，把他推了出去，他就像只陀螺，被远远推了出去，滚到了那帮张大嘴巴看热闹的乡下人和伦敦城无所事事的人群中去。那卫兵说：

“你这叫花子，给我规矩点！”

大家听了都奚落起他，开怀大笑起来，可那小王子快步向门口奔过来，涨红着脸，气得眼睛闪闪发光，大声喊道：

"你怎敢这样对待一个可怜的孩子！怎么可以这样对待父王手下最卑微的子民！把门打开，放他进来！"

这么一来，诸位准可以看到以下的场面：一听这话，这帮反复无常的家伙赶忙摘下脑袋上的帽子，大声欢呼起来："威尔士王子万岁！"

两名卫兵即刻举起戟来敬礼，然后开了大门，让这身穿飘飘扬扬的褴褛衣衫者从他俩面前经过，上前与富甲天下的王子握手时，再次举戟致敬。爱德华·都铎开言道：

"你看来非常累，非常饿，定受了不少委屈。跟我走吧。"

五六名随从冲了过来——我不知道他们想干什么，肯定是来阻拦的。但是被王子右手气派非凡地一挥，阻止住了，一动不动石头似的立了下来，活像那些雕像。爱德华领着汤姆来到宫殿里一个富丽堂皇的房间，听他说这是他的内室，按他的命令，仆从送来了一份饭菜，除了书本上，汤姆没见过这样的食物。王子自有其王子的气派和讲究，他打发走所有的仆从，免得有外人在指指点点，让这位卑微的客人感到尴尬。接着他在汤姆身旁坐下，在汤姆吃东西的时候，问了对方一些问题。

"小伙子，你叫什么名字？"

"回殿下，我叫汤姆·肯逖。"

"这名字倒也古怪。你住在什么地方？"

"回殿下，住在城里。住在垃圾大院，布丁胡同外面。"

"垃圾大院！可不是，又是个古怪的叫法。父母健在吗？"

"回殿下，他们都在。还有个奶奶，她在不在，我无所谓，愿上帝饶恕，我这话也许不该说——我有两位双胞胎姐姐，一个叫楠，一个叫贝特。"

"我看你那奶奶对你不会太好吧？"

"她对别的人也不好，王子。她的心很狠，整天凶巴巴的。"

”她没虐待你吧？”

“她只有睡着，或喝醉了，她那手才闲着不揍人，可一旦她清醒过来，就对我不客气，非痛揍我不可了。”

王子的眼里冒出了怒火，嚷道：

“怎么，她揍你？”

“回殿下，她真的揍我。”

“还揍你！瞧你小小年纪，身体这么单薄！听着：天黑前，就把她关进伦敦塔里去。我的父王他……”

“可别忘了，她是个下等人，殿下。伦敦塔只关大人物。”

“说得有理，我没有想到这一层。我会想出惩罚她的法子的。你爸爸对你好不好？”

“跟奶奶不相上下，殿下。”

“做爸爸的大都这样。我的父亲脾气也不好。他揍起人来手劲也不小，不过他从来不打我，可说实在的，他的嘴巴始终饶不了我。你妈妈对你怎么样？”

“她对我挺好，殿下。她从不让我伤心，也不叫我吃苦。楠和贝特的脾气跟妈妈一个样。”

“她俩都几岁了？”

“回殿下，十五了。”

“伊丽莎白小姐，我的姐姐，十四岁，简·格雷，我的堂姐，跟我同龄，又标致又优雅。可我的姐姐玛丽小姐，她老板着脸孔。你说，你的姐姐禁止仆人笑，说是怕一笑就有罪孽，坏了灵魂吗？”

“我的姐姐？哦，殿下，你以为她们有仆人吗？”

小王子认真地想了想，接着说：

“你说，怎么会没有呢？他们不是帮她俩晚上脱衣服吗？早上起来的时候好帮她俩穿衣的吗？”

“没有的事，殿下。难道还能像牲口那样让她俩光着身子吗？”

“难道她们只有一套衣服？”

“哦。好心的殿下，衣服多了有什么用？不是吗，她们每人只有一套衣服。”

“你这想法太怪太奇了！我可不是想逗你笑，你那漂亮的楠和贝特以后会有很多很多衣服和仆人的，很快就会有的。我的财政大臣会负责办到的。不，用不着谢我，这算不了什么。听你说起话来挺不错，文绉绉的。你念过书吗？”

“我也说不好有没有念过书，殿下。有位叫安德鲁的好心神甫，他教过我，我读过他的书。”

“你懂拉丁文吗？”

“好像稍稍懂点儿，殿下。”

“好好去学，小伙子。只是开始时觉得有点难。希腊文还要难呢。可是伊丽莎白公主和我的堂姐，无论是拉丁文、希腊文，还是别的什么，她俩学起来都轻轻松松。你要是听到那两个小丫头念起外国文来别提有多好听了。你还是给我说说垃圾大院的事吧。你在那里的日子挺痛快吧？”

“说实在的，殿下，要是肚皮不觉得饿，那里的日子也算是痛快的。那儿常演滑稽的傀儡戏《庞奇与朱迪》，还有猴子哩——这些小畜生真叫好玩，打扮得漂漂亮亮。那里还常常有好戏，演起来可热闹了，个个大喊大叫，大打出手，不把戏里的人杀光，决不罢手。看起来真叫带劲。看一次这要一个铜子儿——可殿下，你不知道，就这么一个铜子儿，赚来还真难哩。”

“你多说些。”

“我们垃圾大院的孩子有时拿着棍棒，学戏里的样，打打杀杀。”

王子一听眼睛闪闪亮，说：

“天哪，我没听错吧？你接着说。”

“我们还比赛看哪个跑得快，殿下。”

"这游戏我也喜欢。接着说。"

"夏天，我们就在河沟和小溪里蹚水，浮水，大家都争着把邻近的人按到水里去，拍起水花溅他，又是钻到水里去，又是吵吵嚷嚷，要么待在水里摔跤，要么……"

"让我玩它一次，哪怕拿出父王的江山，我也心甘情愿！请接着说。"

"我们在契普赛街围着五月花柱唱歌跳舞；我们也玩沙子，把身边的人用沙子埋起来；有时候我们玩泥巴，做泥饼子。泥巴真叫好玩，天底下再也找不出比这更好玩的了。殿下，你别见怪，我们就爱在泥里打滚哩。"

"哦，你别说了！妙极了！要是让我也穿上你那样的衣服，光着脚板，待在泥巴里痛痛快快玩它一次——只一次，没人怪罪我、禁止我，哪怕是王冠我也不稀罕！"

"我呢，只要我能穿一次你身上的衣服——只一次……"

"哦，你喜欢穿吗？那就穿吧。脱下你的破衣服，穿上这些漂亮的衣服吧，小伙子！虽只是短时间的快乐，好歹也可以过把瘾。现在正是时候，我们快乐它一阵子，要是有人来干涉，到时候再换回来。"

片刻后，威尔士小王子穿上了贫儿汤姆那身晃晃荡荡的破衣烂衫，贫民窟里的小王子换上皇家的华丽衣装，两个人便到了一面大镜子前，肩并肩站下。奇迹出现了：谁也看不出两个人互换了装束！他俩你看我，我瞧你，又照了照镜子，彼此又对视了一阵。最后还是那个惊呆了的王子问：

"到底是怎么回事？"

"哦，好心的殿下，你可别叫我回答你的问题。我这样下贱的人不适合回答。"

"那就让我来说。你我有一样的头发，一样的眼睛，一样的声音，一样的举止，一样的身形和外貌，面孔和气色也一模一样。要是我俩光着身子走出去，谁也看不出哪个是你，哪个是威尔士王子。现在我既然已换上了你的衣衫，应该更能体验到你刚才受到那卫兵粗暴对待时所感到的委屈。我说，你手上不是都留下伤疤了吗?”

“不错。不过这是小事儿。殿下你也知道，那可怜的卫兵……”

“别说了，这太可恶，太残忍了！”小王子跺着光脚，高声道，“如果国王他——你别动，等着我回来！这是命令！”

过了片刻，他伸手拿起桌子上的一件国宝，收起来。他身上穿着晃晃荡荡的破衣服，出了门，跑过王宫的庭园，脸上火辣辣的，目光炯炯。他径直到了大门口，抓起门栅栏，使劲摇晃起来，口里嚷嚷着：

“开门，快把栅门打开！”

那个粗暴对待过汤姆的卫兵即刻照他的吩咐，打开了栅门。可是当王子气咻咻地闯过大门，那卫兵不由分说，抓住了他，“啪”的一声，狠狠地给了他一记响亮的耳光，打得他一个趔趄，滚到了大路上，卫兵还骂骂咧咧：

“你这叫花子，吃我这记耳光吧！方才就是为了你，我才挨了王子的骂！”

外面那帮人见状不禁发出一阵哄笑。王子挣扎着从烂泥里爬起身子，气汹汹地向卫兵冲过去，大喝道：

“我是威尔士王子。我的身子神圣不可犯。你冒犯了我，我要处你绞刑！”

那卫兵举起手中的家伙，嘲笑道：

“我这就给殿下敬礼，”接着恶狠狠地说，“给我滚，你这发了疯的废物！”

那一帮爱作弄人的闲人，嘻嘻哈哈着把可怜的小王子围了起来，然后推推搡搡拥着他顺着大道远远而去，又是骂，又是嚷：“快给王子殿下让道！给威尔士王子让道！”

第四章　王子遭难

小王子被一群游手好闲之辈穷追不放了好几个小时，受尽了磨难，终于摆脱了他们，得到了解脱。他对这群家伙大发雷霆，拿出皇家架子威胁他们，对他们发号施令，而人家则把他当作笑料，觉得他挺好玩的。后来看见他累了，他不再说话了，那帮欺负他的人再也不来理睬他，到别处找乐子去了。这时候他开始东张西望，但就是不知道自己现在在什么地方。现在他就在伦敦城内——这一切他还是知道的。他漫无目标地朝前走去，不久路两旁的房子越来越稀疏，行人也越来越少。他来到了一条小溪边，洗了洗鲜血淋漓的双脚。当年这条小溪流经的地方就是现在的法林顿街所在。他在溪畔歇息了一会儿，然后朝前而去，很快就到了一个大空场，上面稀稀落落散落着几座房子，此外还有一座大得出奇的教堂。这教堂他认识。到处搭着一些架子，还有一群群干活的。原来这里正在大规模地整修。一见这情景，王子立刻来了精神——他觉得自己的苦难就此告终了。他暗自说道："这里就是古老的格雷修士教堂，父王当年从修道士手中接受下来，改成贫儿和弃儿的收养所，改名'基督教堂'。他，作为对这里有过大恩大德者的儿子，他们对他准会乐于效劳的——况且这个儿子现在变得像那些已被收留，或将被收留的孤儿一样，穷困潦倒，孤苦无依。"

他很快就来到一群男孩子中间。这些孩子正起劲地奔来跑去，蹦蹦跳跳，玩球，或做跳背游戏，或玩别的花样，热闹异常。他们穿得一模一样，穿的都是当时仆役和学徒经常穿的服饰——也就是说，他们的头上都戴着一顶小如茶碟的扁平黑帽子，既遮盖不了脑袋，也起不了装饰的作用。头发没有分开，直接从帽子下耷拉下来，落到了脑门中央，四周的头发剪得很整齐，脖子上系着牧师常系的那种宽领带，一件紧身的蓝色长袍子，下摆低低地垂到了膝盖，有的还要低。袜带系在膝盖以上部分，浅口靴上有几枚很大的金属扣子，看起来实在不雅观。

后来他们不玩了，都聚到王子的周围。王子带着天生高贵的气派，对他们说：

“好孩子，去对你们的校长说，威尔士王子爱德华有话要对他说。”

大家一听这话，“哇”地大声嚷了起来，有个家伙不规不矩地说：

“哎哟哟，我的妈呀，小叫花子，你可是殿下手下跑腿的？”

王子气得脸孔绯红，他立即习惯性地把手往身后摸去，可什么也摸不到。再次响起一阵哄堂大笑，一个孩子说了：

“瞧见了没有？他以为自己佩着剑哩——瞧那模样，他还真的把自己当成王子了。”

这一俏皮话又惹起一阵哈哈大笑。可怜的爱德华顿时挺直了腰板，说道：

“我就是王子。我父王供你们膳宿，可你们这样对待我，太没规矩了。”

太逗了，孩子们禁不住又发出了哈哈笑声。那第一个说话的孩子冲着大家大声嚷道：

“嘿，你们这帮猪崽子，奴才，专靠皇上养活自己怎么这般无礼？你们这些贱骨头，全给我跪下去，拜见这个穿着破烂货、摆着皇家谱子的主儿！”

孩子们连哄带笑齐刷刷地双膝跪了下去，装腔作势给对方行起了礼。王子伸出一条腿踢了近旁的一个孩子，气汹汹地说：

“先赏你一脚，明天再搭个绞架伺候你！”

哟，这可不是闹着玩的——这玩笑开大了，笑声顿时停了下去，跟着是一阵恼怒声，十几个孩子嚷嚷起来：

“拖他走，拖到洗马池去，洗马池去！那些狗哪儿去了？过来，狮子！过来，獠牙！”

接下来发生的事是英国前所未有的——皇太子的龙体竟粗暴地遭平民百姓拳头的一顿痛打，还招来了恶狗的撕咬。

随着夜晚的临近，王子还待在远离王宫、人口拥挤的市区。他遍体鳞伤，双手鲜血淋漓，褴褛的衣衫满是污泥。他四处流浪，心烦意乱，筋疲力尽，浑身无力，两条腿铅一样沉重，再也挪不动步子了。他再也不想跟任何人搭腔了，因为他每向他人问话时，得到的除了侮辱，别无结果。他不停地暗自嘟哝：“垃圾大院——这是个地名。要是不等我精疲力竭、倒地不起，能找到这个地方，我就有救了——到时候他家里人会护送我回宫，证明我不是他们家的孩子，而是王子，那时候我就恢复真正的身份了。”与此同时，他时不时回想起遭到基督教养院那些孩子野蛮的对待，便说：“我一旦坐上了王座，不仅只是让他们有地方住，有饭吃，还得教他们读书，因为光吃饱肚子还不够，脑子空空，心灵得不到营养，这样就毫无价值了。这事我要谨记在心，时刻不忘今天的教训，永远不让自己的百姓因此受苦，因为学问可以使人心肠变软，举止优雅，具有仁爱之心。”

这时候已是万家灯火，天上开始下起了雨，刮起了风，一个苦风凄雨之夜降临了。漂泊的王子，无家可归的英国王位继承者，还在四处流浪，越来越深入到了那些迷宫般的肮脏小巷，那里拥挤着一窝窝蜜蜂似的穷苦潦倒人家。

猛地一个五大三粗的醉汉一把把他揪住，说：

“又是一出去到这时候才想到回来，两手空空，一个子儿也不捎回家。再这样，看我不把你这身贱骨头打烂才怪哩！要不我就改名换姓，不再叫约翰·肯逊了。”

王子挣扎着摆脱开对方，还习惯性地伸手拍了拍被弄脏的肩膀，急切地说：

“哦，你真的就是他的爸爸吗？老天有眼，果真如此的话——你就把他带走，还我的真面目！”

“他的爸爸？我不明白你这是什么意思？我只知道，我是你的老子，到时候你就明白……”

“我说，别开玩笑，别说废话，别耽误时间了——我累了，还受了伤，再也受不了啦。快送我见我的父王，他会让你发大财，比你梦想的还要富的。别不信，先生，我说的全是真的！丝毫不假，全是真话！快伸出手，帮我一把！我真的是威尔士王子！”

这汉子呆了，低下身子瞪着眼睛看了看这孩子，然后摇摇脑袋，嘟哝道：

“不折不扣疯子一个，完全是疯人院出来的。”——说罢又一把揪住他，又是笑又是骂的：“管你疯不疯，到时候我和你奶奶就会弄清你身上哪块骨头最软，我说话算数！”

他说罢不由分说，拖着气得发了疯、一个劲儿挣扎的王子往前走，拖进了前面一条巷子，身后跟着一群闹哄哄、好奇的闲人。

第五章　汤姆成了王子

且说汤姆·肯逊一个人留在王子的内室，尽情享用着这大好机会。他站到了大镜子前，身子左摆右转，欣赏这一身华丽的装束。然后转身模仿起王子那高贵的风度，又偷眼看看自己在镜子里的尊容。接着他抽出一把漂亮的剑，鞠了个躬。吻了吻刀刃，又学起高贵的骑士的样，把剑横在胸前，像是在向伦敦塔的副总管鞠躬致意。这是他五六个星期前亲眼所见诺福克和萨里勋爵被移交伦敦塔副官看押时人家就是这么做的。汤姆还玩了玩挂在大腿上镶着宝石的匕首，他也欣赏了房间里那些昂贵而精美的装饰品，在多只豪华的椅子上试坐了坐，心想，要是垃圾大院那帮小子能看到他这副威武的模样，那他该有多得意。他想知道，当他回家后，把自己的这一奇异的经历说给他们听，不知他们相不相信，也许要一个劲儿摇脑袋，说这是他因为用脑过度坏了理智，瞎想出来的。

如此这般过了半个小时之后，他猛地想起，王子已经出去大半天了，他开始感到寂寞了，便侧耳细听起来，油然而生期待心情，对身边的那些好东西不再感兴趣了，反而变得忐忑不安，焦躁难耐起来。要是这时候来了什么人，看见他穿了王子的衣服，王子又不在，说不清，他们会不会马上绞死他，以后再来弄清事情真相呢？他听说，大人物哪怕是处理起小事来也是说干就干，毫不含糊的。他越想越害怕，哆嗦着身子轻轻打开通向前厅的门，打算跑出去找王子，有他保护，放他回家。六名盛装的侍从和两名仆人，他们看来都是高官，穿得花花绿绿，像蝴蝶，跑了上来，不住地在他面前弯腰鞠躬。他慌忙退了回去，关上了门，他说：

“哦，这下可被他们笑话了！他们准要去跟人说的。唉，我干吗来这里白丢了一条命？”

他在房里来回走了好一会儿，越来越感到莫名其妙的害怕。稍有响动，都惹得他心惊肉跳。突然房门被打开，进来一名穿绸衣的小侍，报告说：

“简·格雷公主驾到！”

门被关上，一位穿戴讲究、标致的姑娘朝他蹦蹦跳跳地跑过来，没到跟前，她猛地停住了脚步，焦急地问：

“啊，你怎么不舒服了，殿下？”

汤姆吓得几乎喘不过气来，便吞吞吐吐道：

“哦，请多开恩，我没有不舒服。老实说，我可不是殿下，我只是城里垃圾大院里可怜的汤姆·肯逊。请带我去见王子，让他把我的破衣服还给我，让我好好儿走掉。哦，请多开恩，救救我！”

汤姆说罢跪了下去，苦苦恳求起来，光用嘴巴说还不够，他还举起双手，转动眼珠子，请它们助一臂之力。这情景吓得小女孩不知所措，惊叫起来：

“哦，殿下，你怎么下跪呢？怎么给我下跪呢？”

惊慌失措之余，她撒腿就往外跑，汤姆绝望得痛苦难当，瘫倒在地，嘟嘟哝哝：

“这下完了，完了。他们准会来把我抓起来。”

就在他躺在地上魂飞魄散之时，可怕的消息在宫中飞快地传播开来。仆从与仆从，大臣与贵妇无不交头接耳——这样的事在宫里照例只能是交头接耳，悄悄传说——从这条走廊传到那条走廊，这层楼传到那层楼，这个花厅传到那个花厅：“王子疯了，王子疯了！”很快一个个花厅，一个个大理石大厅无不聚着一群群鲜衣亮服、花枝招展的大臣和贵妇，还有一群群鲜衣亮服次要的人物，关切地窃窃私语，人人愁容满面，惊慌失色。很快一位身穿华丽衣服的官员来到他们身边，庄严地宣读了一道上谕：

此等谣传不得轻信，不得议论，也不得传播。违者处死。此旨。

交头接耳声迅速销声匿迹，议论的人仿佛都成了哑巴。

很快走廊里响起了一片叽叽喳喳声，说是：“王子！瞧，王子过来了！”

只见可怜的汤姆慢慢地从对他深深鞠躬的人群身边走过，也想对他们鞠躬回礼，他的一双眼睛露出惊惶而痛苦的神情打量周遭的一切，他的左右陪着大臣权贵，让他的身子倚着他们，好让他的步子迈得平稳些。他的身后跟着几名御医和一些仆从。

不一会儿汤姆不觉进了宫里的一个华丽的房间，随后便听到关门声，他的四周站着的都是刚才陪他而来的那些人。

他面前稍远处，一名胖大的男子斜倚在床头，一张肉鼓鼓的大脸，神色严峻，大脑袋满是白发，脸孔周围蓄着胡子，活像个框子，他的胡子也是雪白的。他的衣服面料考究，但显得有些陈旧，有的地方露出磨损的痕迹。他的双腿有些浮肿，一条腿下垫着一只枕头，腿上还裹着绷带。大家都不吭声。人人都恭恭敬敬低垂着脑袋，只有这人是例外。这位神态严峻、有腿疾的人并非别的，他就是威严的亨利八世。他开言道——开言前他的神色变得很温和了：

“怎么啦，我亲爱的爱德华殿下，我亲爱的王子？你是不是存心寻我的开心，作弄你的父王？忍心作弄深爱你、对你那么仁慈的父王？”

这时候的汤姆处于心智迷乱之中，对方前半部分的话，他还是听了些进去，可到了对方说到“父王”两字时，脸色顿时变得苍白起来，“扑通”一声，双脚立即跪了下去，仿佛腿上挨了枪子儿。他举起双手，大声说：

“您就是皇上？这下我算是完了！”

国王一听这话，大吃一惊，两眼茫然地左顾右盼了起来，最后眼睛停在了眼前这孩子的身上，带着极度失望的声调说：

“哎，此前我还以为那只是人家的信口雌黄，现在看来怕是真的了。”他深深地叹了口气，温情脉脉地说：

“快到你父王身边来，孩子，看来你还真的身体欠安呢。”

汤姆在别人的搀扶下站立起来，战战兢兢、哆哆嗦嗦到了英国皇上面前。国王双手捧起他那吓得无人色的脸，热切而充满爱意地凝视了一会儿，像是寻找他神智恢复的可喜迹象。接着他把汤姆长着鬈发的头拉到自己的胸口，轻轻拍了拍，说：

“你认得自己的父亲吗，孩子？别伤了你年迈父亲的心。你说：认得我，认得我吧，好吗？”

“不错，你是可畏的皇上，有上帝保佑着。”

“说对了，说对了——很好，宽宽心，别哆嗦。这里没人会伤害你的，这里的人都疼你，你现在好多了，你的噩梦过去了——是不是？你知道自己是谁了，是不是？你不再错说自己是别的人了，不是刚刚说的那个人了，是不是？”

“皇上，请相信我说的全是真话。我是名叫花子，是您统治下最最卑微的子民。我可是完全出于意外才来到了这里，所以这怪不得我。再说，我小小的年纪，就这么死了，也说不过去。只要你一句话，就能保我的一条小命了。请发话吧，皇上！”

“让你死？我可没说这话，我宝贝的王子——别激动，别激动，放心好了——你不会死的！”

汤姆即刻跪了下去，高兴地大声说：

“哦，皇上，上帝赐您一颗慈悲的心，保佑您万岁万万岁，好赐福全国百姓。”他说罢，跳了起来，转身对候在一旁的两位大臣，高声道：“你们听见了吗，不会让我死的，皇上刚刚下了御旨！”在场的人除了恭敬点头，没别的举动，也没有说话。汤姆不知接下去该如何是好，迟疑了片刻后，战战兢兢转身面对国王，问：“我可以走了吗？”

“走？如果你想走，当然可以走。不过你为什么不能再多待会儿？你要去哪里？”

汤姆垂下眼睛，恭顺地说：

“是不是我误会了，我还真的以为我自由了，所以我才要回到我那狗窝似的家里去，过我那生来就受苦的穷日子，那里到底有我的妈妈在，还有两个亲姐姐，那才是我的家。这儿的荣华富贵我消受不了——皇上，请放我走吧！”

国王没有答话，想了会儿，脸上露出的是越来越浓重的不安和痛苦。接着他开口了，听来还怀有某种希望。

“看来他的脑子在这问题上有毛病，其他方面还是正常的。上帝保佑，但愿是这样！我们不妨做个实验。”

于是他用拉丁语问了汤姆一个问题。汤姆也用蹩脚的拉丁语作了回答。国王听了挺高兴，高兴劲儿全流露了出来。大臣和医生也喜形于色。国王说：

“就他的学识和能力而言，回答得是差了点，表明他的脑子有点毛病，但还不是不治之症，你说呢，阁下？”

医生深深地鞠了一躬，回答道：

“圣上说得对，微臣也这么认为。”听了他这番鼓励，国王非常高兴，仿佛这话出自名医之口，富有权威，心情很好，他接着说：

“你们大家都听好了，我们继续考考他。”

接着国王又用法语问了汤姆一个问题，汤姆一时没有回答，因为有那么多双眼睛注视着自己，他感到挺窘，过了一会儿他才胆怯地说：

“我没学过这语言，陛下。”

此时此刻，只见国王身子往床榻上一倒，随从们赶紧奔过去扶，但他把他们推开，说：

“我没事，只是败血症发作，一时出现昏厥。扶我起来！就这么办。过来，孩子，把你那受了罪的脑袋放到你父王的胸膛上，放宽心吧。你很快就会好的。你只是一时脑子糊涂，别害怕，你很快就会没事的。”他转而面对在场的其他人，表情已不再是那么温和，眼睛里射出闪电般的凶光。他说：

“你们都给我听着！我的儿子疯了，但那只是一时的现象，都是太用功，管束得太严造成的。把他的书全拿走，打发掉他的那些老师！你们都给我一一照办。让他多运动运动，好恢复健康。”说到这里，他支起了身子，热切地接着说，“他是疯了，可他是我的孩子，英国的王位继承人，不管他是不是疯了，还是要让他坐王位的。你们听好了，我宣布：要是哪个把他犯病的消息透露出去，引起混乱，破坏国家秩序和安全，我就要绞死他！……拿水来——我心里火烧火燎的，这伤心事害得我心力交瘁……好了，把杯子拿走……扶我一把。好了，没事了。他疯了吗？他哪怕疯一千倍，也还是威尔士王子，我这个做国王的还要承认这一事实。明天我就让他按古时的礼仪登上王位。赫特福德勋爵，立即把这圣谕传下去。”

过来一位大臣，跪到了御榻前，说：

“国王陛下知道，英国世袭大典礼官已被关进伦敦塔了，被褫夺了官位，这可不符合……”

“住嘴！别用这个可恨的名字来玷污我的耳朵，能让这人长久活下去吗？想违抗我的意志吗？宫里少了一个犯叛国罪的世袭典礼官，就耽误我册封太子的大事吗？不，看在圣明的上帝分上，决不许可！我要提醒国会，在太阳再次升起前就判处诺福克死刑，否则他们自己要自食苦果！”

赫特福德勋爵说：

“国王的意志就是法律。”他说罢站起身子，回到原来的地方。

老国王脸上的怒气渐渐地消退了，他接着说：

“吻我吧，我的王子……瞧你，怎么这样害怕呢？难道我不是你亲爱的父亲吗？”

“你对我这么好，我担当不起，哦，伟大英明的皇上！事实如何我很清楚。可——可——一想到他这就死去，我好痛心，而且……”

“哦，你这话符合你的为人，符合你的为人！你还保持一颗原来的心，虽然你的神智已受到了伤害。你一向有一颗软心肠。但这个公爵挡着不让你继承王位，我要另外找一个不会玷污你神圣职责的人。王子，你放心吧，不要让这事扰乱你那可怜的心。”

“是不是因为我加速了他的死亡，皇上？也许因为我，他才不能活很久？”

“别为他考虑，王子，他不值得你为他操心。再吻吻我，然后干你的事，玩去吧。我这病害苦我了，我累了，要歇息了。跟你的舅舅赫特福德和你的人去吧，等我有精神了，再来看我吧！”

汤姆心事重重地被领了出去，他原希望自己能重获自由，国王最后一句话不啻是让他的希望成了泡影。他再次听到耳边响起阵阵嗡嗡声，说是：“瞧，王子！王子来了！”

他从两旁弯腰弓背、华装丽服的朝臣中间走过时，心情越来越低沉了，因为他意识到，如今他真的成了笼中鸟，一辈子都要禁闭在这镀金的牢笼之中，做个孤苦伶仃、缺朋少友的王子，除非上帝发慈悲，还他的自由。

他转过脸去，似乎看到空中飘着诺福克大公那颗严厉的脑袋，想起他的脸，那双责难地盯着他的眼睛。

他原先的梦想是那么美好，可如今的现实居然如此可怕！

第六章　汤姆习礼

汤姆被领到这豪华宫殿一个非常大的房间，请他坐了下来——有件事叫他非常为难：他坐下，也请身边那几个年长的、地位很高的人坐下，可他们只是一个劲儿地点头哈腰，或低声细语，就是站着不坐。他一再坚持，可他的舅舅赫特福德勋爵凑近他的耳朵悄声说：

"殿下，您就别坚持了，他们在您面前坐着是不合体统的。"

这时圣约翰勋爵来了，他行了礼，说：

"我奉皇上的差遣，有事相告。事关私密，敬请殿下吩咐陪伴左右人员回避，只留赫特福德勋爵一人在场。"

赫特福德勋爵发现此时的汤姆不知该如何处理，悄悄告诉他，若是不想说话，只需做个手势就行。陪同人员离开后，圣约翰勋爵说：

"圣上有旨，事关国家重大原因，王子应千方百计隐瞒自己的病情，直至病愈，健康如常。也就是说，不可向他人否认自己是王子和英国王位继承人身份；他务必时刻保持王子尊严，在言语上或行动上不可丝毫拒绝接受传统的习惯和礼仪；王子应竭力回忆过去常见的那些人的面孔——万一想不起来，切莫因遗忘而显得慌乱，露出惊异等神情。遇到有关国家大事，一时若有疑难，不知如何对答，不可惊慌失措而失态；遇此情况，可向赫特福德勋爵或在下求教，我等已奉旨，随时为殿下效犬马之劳，竭尽全力解难释疑。以上诸点均为圣上旨意，并有皇上的问候，恭祝上帝赐福，保佑殿下

早日康复，以慰圣心。”

圣约翰勋爵说罢鞠躬如仪，退到了一边。汤姆无可奈何，只好答道：

“既然有这圣旨，没人敢违抗，哪怕有为难，也不能推三阻四，伤他的心。我听他的命令就是了。”

赫特福德勋爵道：

“皇上有旨，但凡书本等费心劳神之事，殿下暂可不必接触，不如多多参与娱乐消闲等活动，保持轻松心态，以免赴宴应酬时疲劳，有损龙体。”

汤姆脸上顿时现出诧异不解之色，一见圣约翰勋爵垂下双眼对着他，脸孔飞红了起来。爵爷开言道：

“您的记忆出了毛病，所以才觉得奇怪——可您不必担心，这只是暂时性的，等殿下的病一好就会记起来的。赫特福德勋爵说过，早在两个月前，皇上就答应要在市政厅举办一次宴会，殿下也得参加，这事您还记得吗？”

“很遗憾，我还真的想不起来了，”汤姆犹豫地说，脸孔又涨红了起来。

这时候有人通报说伊丽莎白和简·格雷公主驾到。两位大臣相互使了个意味深长的眼色，赫特福德勋爵赶忙去迎接。两位公主从他面前经过时，他低声嘱咐道：

“两位公主，敬请别在意他表现出的怪脾气，在他记不起什么事时也别见怪——即使是细小之事他都要思前想后，实在令人伤心。”

这时候圣约翰勋爵凑近汤姆的耳边低声说：

“殿下，请谨记陛下对您的愿望，能想得起的事尽量想起来——其他的也得装出没有忘记。别让她俩看出您和过去有什么不同，您知道，您的这两位好玩伴对您向来是非常体贴的，别让她俩伤心了。那么，殿下，您愿我留下来陪您一起吗——还有您的舅舅呢？”

汤姆低声说了个“好”字，同时做了个愿意的手势。他已经在努力学着应付这种局面，他那单纯的心里已打定主意，事事竭力按照国王的吩咐来办。

虽然事先已加防范，但这几个年轻人之间的谈话有时还显得有点儿尴尬。汤姆不止一次，不知说什么好，承认自己确实不是王子，担当不起这样神圣的称号。但是伊丽莎白公主随机应变，一个动作或一句话，解救了汤姆，不让他陷入困境。两位细心照应他的勋爵就有一位故意装得随口说出的模样，插进一句话，解了汤姆的难。有一次简小姐问汤姆，害得他好不狼狈：

“今天你向王后请过安吗，殿下？”

汤姆迟疑了起来，显得很为难，正要结结巴巴说出什么冒险的话来，圣约翰勋爵接过话头，从容地代他作出了回答，表现出自己习惯于遇到微妙的问题时，随时都会替他解困的。

“他请过安了，公主，王后在说到王子的情况时，大大鼓励了他一番。是不是这样，殿下？”

汤姆嘟嘟哝哝说了几句，意思说是这么回事，不过心里感到自己的处境十分危险。不过听说此后汤姆用不着学习了，公主惊呼道：

“那就太遗憾了，太遗憾了！最近你进步神速。请耐心等着，学习的机会总会有的，那是不用等很久的。殿下你像自己的父王，会出落成个语言大师的，像他那样懂好几国语言，殿下。”

“我爸爸！”汤姆一时间放松了警惕，大声冒出这样的话来，“我相信，他连普通的话也说不好，开口就是粗言野语，只有猪圈里打滚的猪猡才听得懂他说的话。要说他学习什么……”

他抬头一看，见到的是圣约翰勋爵那严厉的目光，他不吭声了，涨红了脸，接着伤心地低声说：“呵，我这毛病又犯了，我的脑子里乱七八糟的。我是说我这话不合皇家的规矩。”

“我们是知道的，”伊丽莎白公主说着，双手捧起弟弟的手，显得尊重而谨慎，“你别烦恼，你没有错。你只是身体欠安。”

“你真会安慰人，美丽的公主，”汤姆感激地说，“我很受感动，谢谢你，希望你俩原谅我的冒昧。”

有一次，多嘴多舌的小简冷不防冲着汤姆说了句希腊话，眼尖的伊丽莎白公主立即注意到汤姆脸上露出一副茫然的神色，说明那话问错了对象，赶忙过来救急，张嘴用希腊话连珠炮似的低声回击了格雷，并且随即转换了话题。

时间很快过去，三个人相处得还算顺当。一路上“暗礁”和“沙洲”越来越少，汤姆发现大家都在处处善待自己，对他出的一些差错都不计较，也不再束手束脚了。后来听说当天晚上，两位公主要陪他参加市长的宴会，他不再提心吊胆，高兴得心跳加剧。他认为这下他可以在一大群陌生人中，不用担心缺朋少友成了孤家寡人了。换了一小时前，要是听说她们陪他赴宴，还不吓他个半死，他怎么受得了？

在这次会见中，两位爵爷不啻是汤姆的保护神，比起其他两位来，他俩就不那么省心了，自己仿佛在为一艘大船领航，要通过一个危险的河道，时刻都处于紧张的状态，觉得这一重任实在是力不从心。最后，会见快要结束时，有人通报说，吉尔德·杜德莱勋爵求见。两位勋爵觉得现在不但已被这位交给他俩照料的活宝搅得心力交瘁，现在再也无力把自己这两艘船开回原处，更不用说再去进行一次令人提心吊胆的航行了。所以他俩恭请汤姆借故谢客，汤姆也求之不得。可是我们的小公主一听标致的小公子被挡驾，脸上不免蒙上失望的阴影。

后来陆续出现了冷场，好像大家都在期待着什么，可汤姆不明究竟。他看了赫特福德勋爵一眼，对方回了他一个手势——他还是不知所以然。通情达理的伊丽莎白公主显出优雅的风姿，又救了他一急，只见她施了个礼，说道：

“皇弟可允许我俩告辞吗？”

汤姆说：

“当然可以，两位公主所提的要求，我无不乐于接受。不过公主的光临，让这里蓬荜生辉，平添无限荣光，失此殊荣，不胜遗憾。敬祝安好。愿上帝给你们赐福。”他说罢内心好不快活，暗自想道：“多亏我在书本里与王子相处过，才说得出这样文绉绉的话语，学会了跟他们相处得如鱼得水！”

两位光彩照人的少女走了后，汤姆只觉得心力交瘁，没精打采地对两个监护人说：

“请阁下允许我找个安静的地方稍加歇息！”

赫特福德勋爵道：

“悉听尊便，您的命令我们无不服从。殿下该当歇息了，这也是当务之急，因为殿下很快就要进城了。”

他拉了一下铃，随之进来一名小侍，命令他把威廉·赫伯特爵士召来。爵士随之进来，把汤姆领进一间内室。汤姆进去后第一件事就是伸手去拿一杯水，不料一名穿绸着锦的侍从抢先抓起水杯，放在金托盘上，单膝跪地，递给了他。

然后这筋疲力尽的“笼中鸟”坐了下去，正打算脱脚上的短筒靴，刚要自己动手，另一位穿绸着锦的讨厌家伙跪了下去，代他效劳。他努力了两三次想自己动手做点事，但人家全都抢先替他办了。他一声叹息，只好作罢，暗自嘟哝：“该死！我真纳闷，他们怎么不来也替我呼吸呢？”人家替他换上了拖鞋，裹上华丽的睡袍，他终于躺倒在床上休息了，可就是难以入眠，因为他的脑子乱糟糟的，满是想法，房间里也满是人。他没法不想事儿，种种想法挥之不去；他也不知道该如何把房里的人打发走，害得他和他们双方都不自在。

汤姆走后，只留下那两位高贵的监护神了。两个人都陷入了沉思，不停地摇头晃脑，踱来踱去好一会儿，最后还是圣约翰勋爵先开了口。

“请坦言，您到底是什么想法？”

“我就直说了。国王已来日无多了，我的外甥发了疯，可还要登上王位，疯子将成了国王。上帝定会保护英国的，因为这是上天的需要！”

“不错，未来必定如此。可是你对此就不怀疑……对此……对此……”

勋爵说到这里，想了想，结果没有把话说完，就闭嘴了。显然，他觉得这问题太微妙。赫特福德勋爵停住了脚步，在他跟前站了下来，目光炯炯，坦率地盯着对方的脸，说：

“说下去，这里除了我没别的外人。你说，怀疑什么呢？”

“我可不愿把心里话说出来。伯爵，您跟他的血统这么近，要是我哪里冒犯了您，请你多多包涵。你说怪不怪，只是发了点疯，他的举止和态度怎么竟发生这么大的变化——虽说他的言行举止还像个王子，但跟过去相比，在一些区区小节上他的表现竟判若两人。发了疯连自己的父亲的相貌、他经常接触的人对他应有的礼节和仪式，他全都感到陌生，拉丁文倒还记得一些，可希腊语和法语他竟忘得精光——这种种事实你说奇不奇怪？勋爵，请别见怪，您能消除我这种种不安和疑惑，我就感激不尽了。我老是想不通，他说自己不是王子，所以……”

“别说了，勋爵，你这是叛国之言！你忘了国王的旨意吗？要是我再听你说下去，那我就与你同罪了。”

圣约翰勋爵一听这话，脸孔顿时变得煞白，赶忙道：

“我承认，我错了。请帮个忙，开开恩，千万不要把我告发出去。我再也不会想，不会说这样的事了。请你饶了我吧，否则我就毁了。”

"好吧，勋爵。只要你不再犯，无论是在这里，还是在别人面前，闭口不说，那就权当作你根本没说过，全都一笔勾销。你也用不着担心。他是我姐姐的儿子，他的声音，他的面容，他的身材，我早在他摇篮时代就熟悉了的。疯病能使他发生种种先后矛盾的怪事。就是这回事。你没忘吧，马雷老男爵当年发疯的时候，连自己六十年的长相都忘了，硬说那是别人的。还有呢，他甚至说自己是马利亚·抹大拉的儿子。说自己的脑袋是西班牙玻璃做的，还真是，他还不允许别人摸它，生怕一不小心被粗心的人打碎了。好心的勋爵，这用不着怀疑，他就是王子，我非常了解他——很快他就当你的国王了。好生记住，多想想这点，对你有好处，强如想别的事。"

两个人又交谈了一会儿，圣约翰勋爵为了掩饰方才的错误，为自己辩护，一再强调现在他已深信不疑，不再胡说八道。赫特福德勋爵打发走这位来侍候王子的同僚后，自己留下来，坐定后继续看守之职。过了一小会儿他陷入了沉思。他越想越觉得不对劲儿，索性立起身子，踱起步来，嘴里喃喃自语。

"呸！他怎么不是王子呢？天底下哪有两个不同血统、不同身世的人会长得一模一样的？就算机缘巧合，狸猫换了太子，那可是个难以理喻的奇迹了。不，荒唐，太荒唐了！"

他接着又说：

"假设他是个骗子，自称是王子，那也说得过去，还合情理，可皇上都称他是王子，朝廷里的人都认为他是王子，没有一个人不这样认为了，可他偏要矢口否认自己的尊贵身份，恳求人家不要把他看作是王子——难道天底下有这样的骗子？没有的事！无论如何，不可能的事！他是地地道道的王子，发了疯的王子！"

第七章　汤姆初用御膳

下午一点钟刚过，汤姆便没奈何受了一通活罪，人家硬逼着他穿衣打扮，去赴御宴。他又穿上了华装丽服，可这一回不同上次，从领子到袜子，浑身上下全都焕然一新。他气派十足，被领进一个宽大而富丽堂皇的房间里，里面已摆好饭菜，专供他一人享用。房间里的陈设全是用大块黄金打造的，上面还镶着美丽的图案，件件都是无价之宝，全都出自本韦努托之手。来侍候的穿戴华丽的奴仆之多，几乎占满了半个房间。一名牧师还做了餐前祈祷。汤姆因为长期与“饥饿”难分难舍，早就想伸手取食，但被伯克利伯爵给阻止了，因为伯爵要给他脖子上系上餐巾，给威尔士王子打理餐巾这一要职可是伯克利高贵家族的世袭。汤姆的司酒已在一旁侍候，只要他想喝上一口，司酒早就为他及时斟上了。威尔士王子殿下的试食官也不敢怠慢，王子想尝哪种可疑的食物，他就会冒着被毒死的风险，先尝一口。不过这一次他只起着装点门面的角色，因为汤姆几乎没有让他履行过自己的职责。可是不少朝代以来，多次出现过这样的情况，试食官这一职务是很有风险的，贪图这一煊赫职位的人并不多。说来也怪，为什么不用狗或流浪儿来任此职呢？不过皇家的办事方法全都是古里古怪，让人猜不透的。这房间的首席侍从官达赛也在场，到底他要履行什么职责，谁也说不清，反正他在场就是了——管他呢！总膳司也到场了，就站在汤姆的坐椅后，在站在附近的皇家事务大臣和御厨总管的指挥下，悉

心照料王子进餐的隆重仪式。此外，汤姆还有三百八十四名仆从。他们自然不都全在，来的还不到四分之一。而且汤姆也不知道自己有那么多的仆人。

所有在场的人在此之前都受过训练，要他们记住，王子的脑子暂时有点不灵，在他做出什么荒唐举动的时候，当心切莫大惊小怪。种种“怪异行为”很快就在他们面前显现出来了，但只引起他们的惋惜和伤感，并没惹他们发笑。一见他们爱戴的王子疾病发作真叫他们伤心断肠。

可怜的汤姆吃饭时主要动用的是自己的手指，大家见了并没有发笑，甚至装作视而不见。他对脖子上的餐巾觉得很好奇，且产生了浓厚的兴趣，因为这玩意儿做工既讲究，样子也别致，便天真地说：

“请拿掉吧，免得我一不当心毁了它。”

司餐巾的伯克利伯爵毕恭毕敬遵命拿掉了餐巾，他一言不发，也没有任何抗命的表示。

汤姆兴致勃勃地把萝卜和莴苣细细审视了一番后，问这都是什么玩意儿，能不能吃，因为这两种菜从前作为奢侈品是从荷兰输入的，在英国最近才有人种植。他的问题人家答得恭恭敬敬，没人露出惊奇的神情。汤姆吃罢饭后甜点，塞了满满一口袋坚果。这事大家全装得没有注意，没感到丝毫的意外。可是很快反而他自己觉得事儿很棘手，有点不自在，因为这是用餐过程中，他第一次动用了自己的双手，毫无疑问，他这一举动极不得体，毫无皇家风度。当时他的鼻子抽搐起来，这一器官的末端翘将起来，还出现了皱纹。这一事故持续了好一会儿，汤姆越来越沮丧，便举目打量周围的人，向他们求助。他先看看这一边的大臣，再看看另一边，泪珠儿夺眶而出，大臣们脸上露出错愕的神情，纷纷向他奔过来，问他有什么难处，汤姆真诚而苦恼地说：

“我的鼻子奇痒难耐，请问，遇到这样的意外应该怎么办？快帮个忙，我再也受不了啦。”

没人发笑。但大家都感到非常尴尬，彼此交换眼色，以求对方能救自己脱离“苦海”，可，你瞧，这儿有堵高墙，堵死了路，英国的历史里是找不出越过这高墙的密招的。宴会的掌礼官并不在场，谁也没那么大的胆子蹚这浑水，来解这难解的问题。天哪！可没有设一个世袭专管搔痒的官。此时，泪水已如漫堤之水，从汤姆的眼睛里滴滴答答往下流。他那奇痒的鼻子迫切需要搔搔了。最后还是生理需求战胜了礼仪的束缚，汤姆站了起来，心里默默祈祷，如果他这么做有什么不当，那只好请求原谅了。他便自己动手搔起了痒，这才如释重负。

午餐毕，进来一位大臣，端着一只大而浅的金盘子，里面盛着芳香扑鼻的玫瑰液，供他漱口洗手，专司餐巾的世袭大臣候在一旁，拿着餐巾供他使用。汤姆疑惑不解瞪着盘子看了看，便往嘴边送，郑重其事地喝了一口，把盘子交还给了那侍候一旁的大官，说：

“不，阁下，这玩意儿我不喜欢。这酒味儿香是香，就是不够劲儿。”

王子糊涂的脑子表现出的这一古怪举动，看得在场的人好不痛心疾首，谁也不觉得这一不幸的事有什么可笑之处。

接着汤姆又出了差错。那就是在牧师在他椅子后面站定，举起双手，闭上眼睛，正要开始祝福的时候，他却站起来离开餐桌。在场的人对这不寻常的举动再一次装作视而不见。

应咱们这位小朋友的要求，他被领到自己的私室，打发走所有的人，自个儿自由自在地待着。橡木护墙板的钩子上分别挂着几副亮闪闪的钢制盔甲，盔甲上嵌着精致的黄金图案。这些军事装备是那真王子的——帕尔王后新近送给他的礼物。汤姆先后一一把胫甲、臂铠和插着羽毛的盔甲及其他用不着别人帮忙能穿上的装备都穿了穿，后来他想让人来帮着穿其他东西，可是猛地想起吃饭时塞进口袋里的坚果，趁着现在没大帮人在场，没有那些世袭的大官看着，帮着他碍手碍脚，讨人烦，拿出来吃掉，岂不痛快自在！于是他把那些漂漂亮亮的玩意儿一一放回原处，啃吃起了噼啪作响的坚果来，自从上帝怪他罪孽深重，罚他做了王子以来，这是第一次自自在在，其乐无穷。把坚果全都消灭了之后，他便动手翻箱倒柜起来，终于在一只柜子里找到一些有趣的书，其中一本是讲英国宫廷礼仪的，他如获珍宝。他身子往一张长睡椅上一躺，全心全意钻到书本里去了。咱们暂且不要去打扰他，让他自得其乐去吧。

第八章　国玺问题

约莫五点钟，亨利八世从午睡中醒过来，这一觉睡得不踏实，他喃喃自语道："噩梦，好一场噩梦！看来我的末日近了。这些全是不祥之兆，我的脉搏很弱也能说明问题。"他的双眼随之闪出邪恶的光来，他接着嘟哝道："他不完蛋，我可不能死。"

他的随从发现他醒了，其中一位便禀告道，大法官在外面等候。

"让他进来，让他进来！"国王急切地大声道。

大法官走了进来，在御榻前跪下，说：

"我已传下御旨，上院的贵族都已遵旨，身穿礼服，来到特别法庭。他们已判定诺福克公爵死刑，正恭候皇上进一步吩咐。"

国王脸上顿时露出凶恶的笑意。他说：

"扶我起来，我要亲往国会，亲手在判决书上盖上国玺，除掉我的……"

他说不下去了，脸上的红晕被一层铁青色所覆盖。随从立即扶着他躺倒在枕头上，急忙用强心剂急救。不久他伤心地开了口：

"天哪，我一直就盼着这一天到来！唉，来得太迟了，我竟错失了这一心向往之的大好机会。赶快，你们赶快去办！我既然难以去办，那就让别人来办这一喜事吧。我这就把国玺交出来：选几位大臣替我去办。动手吧。快动手，先生！一天内就把人头给我拿来看看。"

"遵旨，不会有误。请问陛下，可否这就把国玺交给我，我好赶着去办这事？”

“国玺？国玺不是在你那里吗？”

“回陛下，两天前，您已从我这里拿走了国玺。当时您说，除非用它来盖诺福克公爵死刑判决书，其他一概不得使用。”

“是呀，我是说过。现在想起来了……我都用它干了什么……我虚弱之极……这些天我的记忆力老跟我作对……怪事，怪事……”

国王嘟嘟哝哝起来，口齿不清，时不时无力地晃了晃那白发苍苍的脑袋，思来想去，回忆着自己到底把国玺放到哪里去了。最后还是赫特福德勋爵下了跪，提供了讯息：

“陛下，恕我冒昧上奏，这里有人记得，陛下把国玺交给了威尔士王子，以备有朝一日……”

“不错，是这么回事！”国王插言道，“去拿回来！快去！时不待人！”

赫特福德勋爵快步奔到汤姆那里，过了不一会儿气急败坏地跑回来，两手空空。他报告说：

“报告陛下，遗憾的是，我给您带来的是不幸的坏消息。这也是天意，王子的病体并不见好，他怎么也想不起接受过您的国玺，所以我急忙回来报告，臣以为，殿下有那么多的房间和花厅，要是一一搜寻一遍，岂不是浪费了宝贵的时间，而且还毫无……”

听到这里，国王一声呻吟，打断了伯爵的话。过了一会儿，皇上怀着满腹的愁肠悲意，说：

“那就不要惊扰可怜的孩子吧。上帝的手已经狠狠地责罚了他，我的心深深地怜爱着他，而我这年迈、饱经忧患的双肩再也担当不起他这一重担，保他安宁了。”

他闭上眼睛，喃喃自语一阵之后，不再吭声了。过了一会儿，他又睁开眼睛，茫然四顾，最后他的目光落在跪在长榻前的大法官，猛地涨红着脸，愤愤地说：

“怎么，你还待在这里！我发誓，要是还不快去把叛国贼的事办妥，明天你就保不住自己的脑袋，帽子也就成了摆设了！”

大法官吓得浑身哆嗦，说：

“仁慈的皇上，求您开恩吧！我这是在等候国玺。”

“你这家伙，你疯了不成？此前我随身带着的小国玺就在外面的宝库里放着。既然那大国玺不知下落，小的就不能用吗？你没脑子了？快去！听好了，把他的脑袋拿来，再来见我。”

可怜的大法官很快就离开了这危险之地。那被选出来处理该事务的委员会也马不停蹄地奉旨让那傀儡的国会批准判决书，指定第二天处死英国头等贵族、倒运的诺福克公爵。

第九章　河上盛况

晚上九点，皇宫前宽阔的河面上灯火通明。朝城区方向，目力所及，河面上来来往往游弋着的是船夫的船只和彩船。处处挂灯结彩，微浪轻漾，成了一座无边无涯、鲜花盛放的花园，夏风过去，摇曳生姿，风光无限。直通河边的大石阶，宽敞得足可容下德意志邦国的一支大军，显得煞是壮观，一队队亮闪闪戴盔穿甲的皇家持戟兵，一班班华装丽服的侍从你来我往，步履匆匆，显得煞是忙碌。

很快下达了命令，石阶上的生灵顿时消失得无影无踪。由于久等和期盼，气氛显得很沉重。稍加想象，就可能看到船上色彩缤纷的人们在站起来，被闪闪发亮的灯光和火把刺得眼花缭乱，忙手搭凉棚，向王宫望去。

不久大石阶前靠拢四十五条皇家游艇。条条游艇镀金饰银，金碧辉煌，高耸的船头船尾雕刻着精致的花纹，有几条游艇旗幡飘飘，也有的高悬着金丝锦缎和绣着纹章的花帷，也有的绸缎旗子迎风招展，系在旗上的银铃在微风中发出悦耳的音乐声，更有一些昂首挺胸，傲慢异常，因为那些是侍奉王子左右的侍从的船，船的两侧都有盾牌防护，盾牌上镶着纹章，显得甚是威严。每条御船都有一只差船拖着。差船上除了划手，还配有头戴闪亮耀眼钢盔、身披胸甲的士兵和一队乐手。

王宫大门口终于出现人们期待中的游行队列的前卫，一队持戟兵，身穿黑褐相间的条纹裤子，头戴天鹅绒帽子，两边镶着银色玫瑰花。上身是暗红和蓝色材料做的紧身衣。前后都绣着三根金色的翎毛，这代表了王子的纹章。他们的戟柄上都用暗红色的天鹅绒裹着，用镀金的钉子钉住，还配有金色的流苏。他们在左右两边分列成两行长长的行列，从宫门直排列到河水边。然后是王子的仆役，身穿金红两色相间的号衣，把一幅带条纹的厚毡子或地毯铺开。地毯铺好后，宫里响起一阵嘹亮的号角声。河上的乐队也奏起了欢快的前奏曲。接着两位手执白色指挥杖的先导官迈着庄严的步子慢慢从宫门走出来，他俩后面跟着的是手执权杖的官员，再后面是一位手捧城市之剑的官员，再后面是几位京都卫队的军官，人人装备齐全，袖子上都有肩章。紧跟其后的是身穿制服的嘉德纹章的局长，其后是几名巴斯级的骑士，他们的袖子上都缠着一条白丝带，他们的扈从紧跟其后，接着是身穿红袍、头戴白帽的法官。后面是英国大法官，他身穿深红色礼服，敞着前襟，镶着白毛皮的边。随后分别是穿紫色斗篷的京都市参议会代表团、穿礼服的市民团体的领袖。跟在他们后面的是十二个法国贵族的侍从，都穿着华贵礼服，白色锦缎上用金线配着线条夹衣，镶着蓝紫色线缎里子的深红色天鹅绒短斗篷和淡红色的灯笼裤。他们顺着石阶往下走。他们是法国大使的随从，跟在他们后面的是十二名穿着毫无装饰的黑天鹅绒礼服的西班牙大使的随从骑士。后面跟着的是几位英国大贵族，还带着他们的随从人员。

宫内又响起一阵号角声，王子的舅舅，未来的摄政王萨默赛特大公爵从宫门出现了。他身穿金黑相间的紧身上衣，披着深红色、绣着金色花朵的锦缎斗篷，系着银网状图案的缎带。他转过身去，摘下插羽毛的帽子，毕恭毕敬地深深弯下腰，往后退去，每退一步，鞠一躬。接着是长长的一阵号声，有人吆喝道："回避！爱德华王子驾到！"宫墙高处一长排通红的火舌随着雷鸣般的炮声，向前窜去，河面上聚在一起的人群发出轰然一片的欢呼声。这一伟大场面

的主角汤姆·肯逊终于登场了。他只是把自己那高贵的脑袋微微点了一下。

他穿着一件华丽的白缎紧身衣，胸前配着一块紫色的金丝缎，上面嵌着不少宝石，镶着貂皮的边。他的紧身衣上披了一件白底金丝缎的斗篷，斗篷顶上是一个三根翎毛的装饰，蓝色缎子的里子。斗篷上也嵌着珍珠和宝石，前面用一枚钻石别针扣着。他颈上挂着嘉德勋章和几枚外国王子的勋章。凡是光线所及的地方，都有宝石反射出来的炫目的光芒。啊，汤姆·肯逊，这穷小子出生在小破屋里，在伦敦的贫民窟里长大，与破烂、肮脏和苦难结下不解之缘，如今面对的竟是这等辉煌的景象！

第十章　落难的王子

前已交代，约翰·肯逖拖着合法的王子直往垃圾大院而去，一班看热闹的闲人，吵吵嚷嚷、嘻嘻哈哈紧跟其后。其中只有一个人替这落入魔爪之人求过情，可没人理睬他，人声太嘈杂，他的求告声压根儿没人听见。王子一个劲挣扎着想摆脱出来，对所遭到的屈辱大发雷霆，惹得约翰·肯逖失去了最后一点耐心，一怒之下，操起手中橡木棍，举到了王子的头顶上。那位为王子求情的人见状立马跑过去，挡住肯逖的手臂，就这样打下来的棍子让他遭了殃。肯逖吼了起来：

“你要多管闲事了，是吗？活该受报应。”

说罢他的棍子又往那管闲事者脑袋打下去，只听一声惨叫，一个模模糊糊的人影扑倒在地，跌在人群脚下，很快他便孤零零一个人躺在了那里无人问津，而大群人挤挤挨挨朝前拥去，丝毫没有因这一小插曲而坏了自己的好心情。

王子很快就被拖到了约翰·肯逖的窝里。约翰关上了门，把一大群人挡在了门外。凭着插在瓶子里的昏暗的牛脂蜡烛光，王子终于看清了这令人作呕的狗窝的大致情景，看到了里面待着的几个人。两名邋里邋遢的小女孩，胆战心惊躲在屋角、身子靠墙的一名中年女子，她们活像待宰的牲畜，正战战兢兢等着厄运降临。另一个角落里待着一名年老的母夜叉，满头白发，瞪着一双凶狠的眼睛，悄悄走了过来。约翰·肯逖对她说：

“别忙！等着有好戏看。你先别搅和，我开过心后再动手。完事后你爱下多重的手随你的意。你过来，小家伙。现在你把那套傻话再说一遍，你没忘了吧？说说你的名字，你是干什么的？”

小王子受了辱，血液直往脸颊涌，他抬起头，坚定而愤怒的目光直视眼前这汉子的脸，说：

“只有像你这样缺教养的人才要我跟你说话。我把说过的话再说一遍：我不是别人，是爱德华，威尔士王子。”

听了这大出意料的回答，惊得那母夜叉两脚死死地被钉在地上一般，动弹不得，只有喘粗气的份儿了。她傻盯着王子，惊诧莫名，而她那凶神恶煞般的儿子见此情景开心得哈哈大笑起来。但汤姆·肯逖的妈妈和两位姐姐的反应截然不同。开始时她们担心汤姆因此受皮肉之苦，这时又变成了另一种恐惧了。于是怀着悲痛和惊惶的神色，跑上前去，大声道：

“哦，可怜的汤姆，可怜的孩子！”

母亲在王子面前跪了下去，双手搭在对方的肩上，爱怜地望着他的脸庞，泪水涟涟。她说：

“哦，我可怜的儿子，你傻里傻气，尽读那些糟糕的书，害得你没了脑子。我多次劝你，可你就是不听，伤透了做娘的心。”

王子望着她的脸，好声好气地说：

“好心的太太，你儿子脑子没有糊涂。放心吧。他在王宫里，放我回去，我父王会让他回到你身边的。”

“你父亲是国王！哦，我的孩子，千万别说这样的胡话，那会叫你没命，你的亲人也会遭殃的。你醒醒，快别做这可怕的梦。别再胡思乱想，清醒清醒吧。好好看着我，我是不是生你爱你的娘亲？”

王子摇摇头，不情愿地说：

“上帝知道，我实在不愿伤你的心，可说实在的，此前我确实没见过你。”

这女人一听跌坐到地上，双手掩面，伤心得哭哭啼啼起来。

“让这好戏继续演下去，”肯逖嚷道，“你怎么了，楠！怎么了你，贝特！小丫头怎么这等没规矩？在王子面前怎么还立着，不跪下去？你们这些下贱的穷鬼，该恭恭敬敬对他！”

说罢，他嘶哑着嗓子捧腹大笑起来。两个女孩子战战兢兢为弟弟求起了情。楠说：

“你别折磨他，爹，让他上床歇息去，睡会儿他就不再犯傻了。求你了。”

“求你了，爹。”贝特也说，“他太累了，过去可不是这样。明天他就会好起来，又会出去卖力地乞讨，回家时不会再两手空空了。”

听了这话，她父亲清醒了一些，态度缓和了，便转而想到了件正经事。他转身对着王子，没好气说：

“明天我们得给这破房子的房东付两便士。听好了，两便士，半年的房租钱，要不咱们一家都得从这儿滚蛋。别再偷懒，把讨回来的钱好好让我瞧瞧。”

王子说：

“你不能用这些下贱的勾当糟蹋我，我再说一遍，我可是国王的太子。”

肯逖伸出大手在王子的肩上重重一拍，打得他东倒西歪，扑倒在肯逖大娘的怀里。大娘一把把他抱在了胸前，用自己的身体抵挡肯逖急雨般纷纷落下的老拳和巴掌的毒打。

两个小姑娘吓破了胆，退回原来的角落里，而老奶奶赶忙快步上前，给自己的儿子助阵。王子从肯逖大娘怀中挣脱出来，大声嚷道：

“你不必为了我受这苦头，太太。让这两个畜生尽管在我一人身上发威吧。”

他这话惹得那两个畜生勃然大怒，便不由分说立刻动起手来。

两个人合力逞凶，把王子狠狠揍了一顿，还怪两个女孩子和她们的妈妈同情挨打的王子，也打了她们仨。

“现在你们全睡觉去，”肯逊说，“我也玩累了。”

蜡烛灭了，一家人都各自离去。很快响起了这一家之主和他母亲的呼噜声，说明他俩都睡着了。两个小姑娘悄悄地爬到王子躺着的地方，细心地给他盖上干草和破毯子，免得他受凉。做妈妈的也蹑手蹑脚地过来，揉了揉他的头发，对着他哭哭啼啼，凑着他的耳根，断断续续小声地说些安慰、怜惜的话语。她还把一些省下来的东西给他吃，可是这男孩子浑身疼得厉害，毫无胃口——至少吃不下这些黑乎乎、无味的面包屑。他被她勇敢和不顾一切保护他的行为与怜悯之心所感动，便用高贵的言语和王族的风度感谢她，请她回去睡觉，忘了自己的伤心事。他还补充说，他的父王不会辜负她的一片忠心好意和牺牲精神，会好好报答她的。这话反而让她觉得他又“发神经”了，再次让她痛不欲生。她一而再，再而三把他紧紧拥在胸前，最后泪流满面，回去睡了。

她伤心地躺在“床”上，满腹心事，思前想后，突然觉得，这孩子不管是不是疯了，在他身上有一种汤姆·肯逊所没有的、难以描述的气质。什么呢，她说不清，也道不明。但是凭着做母亲敏锐的本能她觉察得到其间的差异。如果这孩子果真不是她儿子呢？嘿，太荒唐了！虽说她这时满腹心事，悲痛欲绝，一想到此也不禁露出了笑意。话虽如此，这念头始终萦绕在她的心头，怎么也压不下去，如影随形，挥之不去，让她苦恼不堪。最后她认定，如果不想个法子，把事情查个水落石出，确实无误地证明，这孩子到底是不是自己的儿子，她是不得安生的。事实搞清了，她就不再疑神疑鬼，担惊受怕了。不错，这是唯一解决难题正确的办法。于是她拿出全副心思，运用所有的智慧，行动起来。可是想想容易，做起来就难了。怎么办呢，她想了一个又一个似乎可行的办法，结果不得不全部放弃——没有一个办法是切实可行、完美无缺的。有缺陷的办法她是不会接受的。显而易见，她绞尽了脑汁，一切努力终付东流——看来她只能不干了。当她脑子里出现扫兴的念头，耳边就响起男孩子均匀的呼吸声，说明他已睡着了。但是她再一听，这有节奏的呼吸声被轻轻的惊叫声所中断，听来像是有人在噩梦中喊出来的。这一偶然事件促使她联想到一个主意，这主意比她想到过的其他方法都管用。她异常兴奋，立即行动了起来。她悄无声息地又把蜡烛点上，低声自言自语道："在他说梦话的时候，我要是能见见他，就明白是怎么回事了。他小时候有一次遇到火药爆炸，自那天起每当他从梦中惊醒，或想什么心事时醒过来，他都伸手把眼睛挡住的，这都成了他的习惯了，可他挡眼睛的手势跟常人不同，不是手心朝内，而是朝外的——我见到过上百次了，次次如此，从没改变。不错，我很快就能查明真相了！"

说话间，她用手遮住烛光，轻手轻脚悄悄来到那熟睡中的小男孩身边。她小心翼翼地向孩子弯下了腰，屏住呼吸，压抑下激动，猛地用烛光往孩子的脸上一照，又在他耳边的地板上用手指一敲。熟睡中的孩子突然睁大了眼睛，惊慌地朝四周扫视了一番——他没有做出特别的手势。

可怜的女人顿时又惊又悲，一时不知所措。她还是竭力把激动的情绪掩饰下来，设法哄着那孩子再次睡去。然后她悄悄地走开，伤心地思量这一试验的结果。她努力让自己相信，汤姆发了疯改掉了习惯性的手势，可怎么也说服不了自己。"不，"她说，"他的手没有发疯，在这么短的时间里，不可能忘掉这样的老习惯。哦，今天的事太让我为难了！"

不过她并没有完全失望，还是和以前一样心存怀疑。她怎么也接受不了试验的结果，她务必再试验一次——这次失败只是偶然现象。于是她第二次，隔段时间第三次把孩子惊醒，但结果还是和第一次一样。她不情不愿地拖着脚步回到自己睡的地方，伤心地睡了。临睡时说：“哦，我不能失去这孩子——哦，我办不到。他一定是我的孩子！”

可怜的女人不再去打搅这孩子，王子的疼痛也渐渐减轻，不再影响他睡眠了。于是极度的劳累终于促使他紧紧闭上眼睛，深深地酣睡过去。时间过了一小时又一小时，他还在沉睡中。又过去了四五个小时，他的睡意才慢慢消退。他在半睡半醒中喃喃道：

“威廉爵士！”

过了一会儿，他又说：

“喂，威廉·赫伯特爵士！快过来，听我说刚才做了个前所未有的怪梦……威廉爵士，你听见了吗？我说，刚才我以为自己变成了个叫花子……嗬！卫兵！威廉爵士！怎么回事？宫里没一人侍候我吗？就没一个人不成？哎，我得狠狠收拾……”

“你哪里不舒服？”他听到耳边有人说，“你在唤哪个？”

“威廉·赫伯特爵士。你是谁？”

“我吗，我还能是谁，不是你姐姐楠吗？哦，汤姆，我刚才忘了，你还在发疯——可怜的孩子，你还在发疯。倒不如我没醒过来听不见你说疯话才好哩！请你别胡说八道好不好，要不我们都要被揍死的！”

王子惊得跳了起来，但是那块结了疤的伤处还隐隐作痛，使他清醒过来，知道发生过什么事，于是又躺倒在那一团肮脏的干草中，哼哼着，惊叫道：

“天哪，原来那并不是梦！”

一时间他又感到一阵深深的悲伤和疼痛，这些悲痛都是在梦中消失了的。他意识到自己此刻并不是一位宫中被万般娇宠、万民关注的王子，而是一个贫儿，一个衣衫褴褛的叫花子，一个囚禁在狗窝里、跟乞丐和盗贼混在一起的人。

在他伤心欲绝之时，他听到外面传来一阵阵激动的嘈杂喊声，喊叫声离得不远，是在一两排房屋之外的地方。接着响起了很响的敲门声。约翰·肯逖停止了呼噜，问：

“谁敲门？来干吗？”

有人回答说：

“你知不知道挨过你棍子的是哪个？”

“不知道。我不知道，也不操心。”

“恐怕用不了多久你就不这样说了。你想保住小命，唯一的办法就是赶快躲得远远的。催命鬼正在缠着那人。他可是安德鲁神甫呢！”

“老天开恩！”肯逖惊叫了一声。他把全家人叫醒，嘶哑着嗓子下了命令，“你们全给我离家躲起来——再在这儿待下去就没命了！”

用不了五分钟，肯逖一家人都离家逃命去了。约翰·肯逖揪住王子的手腕，在黑暗中拉着他急匆匆往前跑，还低声警告说：

“管住自己的嘴巴子，你这傻瓜蛋。别说出咱们家人的姓名。我立马就把自己的名儿改改，好叫官家那些狗东西找不到我的踪影。听好了，管住自己的嘴巴子！”

他又凶巴巴地对家里其他人说：

“万一大家走散了，全都到伦敦桥那儿去，哪个要是到了桥上最后一家麻布店，就待着等别的人到，然后大伙一齐逃往南市。”

说话间一伙人已从黑暗处急匆匆地来到一个灯火通明的地方，河边聚着成千上万的人，他们又是唱歌，又是跳舞，又是喊叫。举目望去，泰晤士河上下游，一排祝火远远地向天边延伸过去。伦敦桥被灯光照得亮晃晃的，南市也是如此。整条河淹没在璀璨耀眼的彩灯海洋之中，噼里啪啦的焰火爆炸声响彻天空，接着火花如雨点般纷纷落下，照得夜空色彩缤纷，亮如白昼。到处都是狂欢的人群，伦敦城万人空巷，个个闹得如痴似狂。

约翰·肯逖狠狠一声咒骂，喝令大家赶快离开，可还是迟了一步。他和家人已被那攒动的人群所淹没。没奈何，一家人各自被分隔开来，彼此失散了。我们并没有把王子看作他们家的一分子，他还是牢牢地被肯逖拽着。王子心急如焚，盼着有机会逃脱。这时一名粗壮的船夫，喝醉了酒，兴头正高，发现自己被拼命往前挤的肯逖推了一把，便伸手按住肯逖的肩，说：

“我说，朋友，你急急忙忙这是往哪儿去？这时候规规矩矩的本分人都在狂欢，你这家伙还在打什么脏主意？”

“我自己的事自己管，用不着你瞎操心。”肯逖粗暴地答道，“放开你的手，让我过去。”

“瞧你这臭脾气，我偏不撒手，告诉你，除非你跟我喝一杯，来祝贺威尔士王子。”船夫挡住去路，说得斩钉截铁。

“那就拿‘爱杯’来。快，快。”

这时候庆贺的人也来了兴致，嚷嚷着：

“拿爱杯，爱杯！让这坏种喝爱杯，要不就把他推到河里喂鱼。”

于是给他拿来了爱杯。那船夫一只手抓住爱杯的一个把柄，另一只手捏着想象中的餐巾，按照古老的正式礼仪，把杯子递给了肯逖。肯逖只好按古时传下来的礼仪用一只手握住爱杯的另一个把柄，另一只手揭开杯盖。这么一来，自然松开了王子，良机莫失，王子便钻进了身边的“人体森林”中，逃得无影无踪。他消失在“波涛汹涌”的人海之中，活像一枚六便士的硬币被丢进了大西洋，找到它就难了。

他很快就意识到当前的处境，忙着找自己的出路，再也顾不得约翰·肯逖了。他很快想到了另一件事。那就是一名冒牌的威尔士王子此时此刻正取代他，享受着伦敦城万众的欢宴祝贺。他轻松地作出判断，汤姆·肯逖，这个小叫花子，有意利用他冒失地与他交换衣服的机会，篡了他的位。

所以他只有一个可行的办法——找到市政厅，表明身份，揭发那个小骗子。他还打定主意，留给汤姆足够忏悔的时间，然后按当时惩办叛国重罪的法律和惯例，判他绞刑，把他开膛破肚，碎尸万段。

第十一章　在市政厅

王子坐的御船由一队豪华的游艇陪护着，穿行在泰晤士河上一眼望不到边、灯火通明的船只之间，浩浩荡荡向前而去。一路上乐声荡漾，两岸焰火耀眼。远处的城市，祝火明明灭灭，数不胜数，把上空照得一片辉煌。众多细长的尖塔高耸入云，塔外悬挂着一盏盏灯笼，远远望去，就像是投入高空的镶嵌宝石的长矛。船队所经之处，两岸欢呼声不绝于耳，礼炮的光焰耀眼夺目，隆隆炮声震耳欲聋。

汤姆·肯逖，半埋在丝绸的坐垫之上，耳边的声响、眼前的景观在他听来、看来，有种说不出的新奇、怪异之感。而对于他的两位年少的朋友伊丽莎白和简·格雷公主来说，这算不了什么。

船队到了“道乌门”，就被拖曳进了河水清清的华尔河（早在两个世纪之前，这条河的河道上已被掩埋填平，盖上大片的屋舍了），直向巴克勒斯里驶去，一路上的房屋里和桥梁上满是狂欢的人群，明亮的灯光。最后船队在伦敦旧城中心的一个小湾里停泊了下来。这里如今叫作御船场。汤姆下了船，和一班威武的随从一起到了契普赛街，过了老犹太街和贝兴霍尔街，走了一小段路，便到了市政厅。

汤姆和两位公主受到了市长大人和市议员们按照正式礼仪的迎接，他们个个戴着金链子，穿着大红礼服，煞是正经。然后一行人在举着权杖和宝剑的传令官的引导下，一路上“太子驾到”之声不绝于耳，被领到大厅上首一个富丽堂皇的华盖下，侍候他和两位小朋友的侍从和宫女各在他们身后就位。

在下面一点的筵席上，坐着宫廷显要和高官，市级官员和下议员则坐在大厅边楼的众多桌子后。伦敦城的古老保护神，巨人戈格和麦戈高据有利位置，居高临下，睁大眼睛，注视着身下不知何年何月起就熟悉了的景观。接着一声号角声起，传来一道命令，一位肥胖的总管就出现在左边墙的高处，他后面跟着一班仆从，神情严肃地抬着一盘热气腾腾的牛腰肉，供大家动刀享用。

感恩祈祷后，汤姆站起身来（已经人指点过），全体人员也跟着站起来。汤姆和伊丽莎白公主用一只大号的“爱杯”各先后喝了一口酒，然后把酒杯递给简公主，接着其他人也如此这般表演了一番。宴会由此开始。

到了午夜，狂欢达到了最高潮，这时候才出现当年人们心向往之的场景。一位当时亲临其境、目睹这场面的编年史家有过如下一段有趣的记载：

“大厅里腾出了相当的空间后，随之进来一位男爵和伯爵，两个人都穿着土耳其式的装束，身穿洒金的锦缎长袍，头戴艳红色天鹅绒帽子，上面配有金丝缎的大卷边。腰间用金缎丝带系着两把所谓的月牙剑。随后又进来另一位男爵和伯爵，身着黄缎长袍，袍上镶有白缎横条，每条白带子当中还配有一条大红缎带，头戴灰色皮帽子，完全是一副俄罗斯人的打扮。两个人都手持一把斧头，脚上的靴尖上翘一英尺之高。他们的身后跟着的是一名骑士，接着进来的是海军大臣，同来的还有五名贵族。他们都穿暗红色天鹅绒的紧身衣，脖子前后都露了出来，前胸束银丝带，紧身衣外披红缎短袍，头上的帽子是舞者式的，上插野鸡毛。这些人一律是普鲁士人的打扮。然后是一百来号火炬手，他们穿着大红和绿色缎子的衣服，像摩尔人那样，脸上也涂黑了。跟他们进来的还有一位哑剧演员，最后跳着舞进来的是化装成歌手的人、侍从、宫女，个个载歌载舞，场面着实赏心悦目。

汤姆坐在上位，眼看着这“狂野的”舞蹈，被身下那些旋风般狂舞者激起的万花筒般五光十色的色彩搞得心醉神迷，头昏眼花。这时候，身穿破衣烂衫、货真价实的威尔士王子却在大门口申明自己的权利，诉说自己的遭受。他揭露了那位冒牌的王子，吵着要进市政厅！这一插曲引起了门口旁观者极大的兴趣，纷纷拥上前来，伸长脖子，一睹这小闹事者的真容。接着他们便奚落他，嘲弄他，存心逗得他怒火越烧越旺，从中取乐。王子感到万分耻辱，泪珠儿扑簌簌落将下来，但他毫不畏缩，面对这群暴徒，不失皇家风度。接着对他又是一通嘲弄，深深刺痛了他，可他声称：

“我再说一遍，你们这些不懂规矩的恶狗，我是威尔士王子！现在我虽然无依无靠，孤立无援，没人帮我说句公道话，在我遭难的时候没人帮我一把，但是我不会退却，我会牢牢地坚守在自己的这块土地上！”

“不管你是不是王子，反正一样，你是个有骨气的小伙子，而且也不是孤立无援！有我在足可证明我说的话不假。听我说，我是迈尔斯·亨登，有我这样的朋友算不得太糟，而且用不着到处找。不必再费口舌了，小伙子，我能说的话这班小畜生能理会，我也说得地地道道。”

说话的是个无论从服装还是言行举止来看都像个落魄的贵族，他身材魁梧，端正，孔武有力。他的紧身衣和大脚短裤都是上等材料做的，可是已褪了色，露出了线脚，上面的金丝带也变得颜色暗淡了。他的褶领已被压瘪，露出了破洞，他那垂边的帽子上的翎毛已经断了，显出一副败落肮脏的寒酸相。他的腰间佩一把轻巧细长的剑，插在锈迹斑斑的铁鞘里。从他那派头十足的架势来看，是个闯过不少码头，见过世面的人物。他说话口气很大，一开口就引

来一阵奚落的哄笑声。有人嚷道:“又来了个冒牌的王子。”“当心,别乱说话,朋友。也许这人是很厉害的主儿!”“瞧他那模样准是这样的人——瞧他那眼睛!”“把那孩子从他身边拖过来——扔进洗马池里去!”

这时有人被这番话引得来了劲儿,伸手去抓王子。说时迟,那时快,陌生人已抽出长剑,啪的一声用剑面把那多事之徒打翻在地。接着许多人齐声嚷起来:“打死这狗东西!打死他!打死他!”一群暴徒立即把这位壮士围了起来。壮士向后退去,背靠墙。面对暴徒,他发了疯似的挥动长剑,对方被打得七零八落,但是他们还是从那些倒地不起的人身上跨过去,怒气冲冲,潮水般涌来,逼近壮士。看来大事不妙,他的性命难保了。就在这时候,突然传来号角声,有人大声喝道:“闪开!国王的传令兵到!”只见一队骑兵向暴徒猛冲过来,众暴徒见势拔腿逃命去了。勇敢的陌生人抱起王子,脱离了危险,远离了众多的暴徒。

现在且看看市政厅里的情况。突然响起一阵号角声,压下了狂欢人们雷鸣般的嚷嚷声。大厅内顿时变得鸦雀无声。很快有个人哑着嗓子,大声说起来——他就是宫里来的传令官——宣读起了圣旨。大家站立起来静听。圣旨的最后一句话念得特别沉痛:

“国王驾崩!”

在场的人无一例外个个脑袋低垂到了胸口。默哀的场面维持了好几分钟。然后大家都跪了下去,向汤姆伸出手去,发出一声响亮的呼声,声震屋宇:

“国王万岁!”

可怜的汤姆被这一惊心动魄的场面弄得心迷神乱,落得东张西望的份儿。过了一会儿,他迷迷糊糊看了一眼跪在身边的两位公主,又望了望赫特福德勋爵。猛然间他灵机一动,面露喜色,凑着伯爵的耳根低声说:

“您且凭着忠心和荣誉，老实回答我！我要颁布一道圣谕，一道只有皇上才有权颁布的圣谕，人人都要服从，没有人敢对我说个‘不’字，这样的命令我能颁布吗？”

“能，皇上，举国没一人反对的。您是一国之尊，英国的国王——您的话就是法律。”

汤姆便用坚定、热切而兴奋的口吻回答说：

“那么从今之后，国王颁布的都会是仁慈的法律，再也不会有血腥的法律了！你们都起来，去伦敦塔，传旨，国王免了诺福克公爵的死罪。”

听了这话，大家口口相传，很快传遍了整个大厅。赫特福德勋爵匆匆跑了出去，他所到之处，响起了震天动地的欢呼声：

“血腥的统治从此完结了！英国爱德华国王万岁！”

第十二章　王子和他的救星

迈尔斯·亨登和小王子逃离那群暴徒后，便穿过一条条背街冷巷，朝河边奔去，一路没有受到阻碍，最后到了伦敦桥，两个人又钻进了熙熙攘攘的人群中，亨登一手紧紧抓住王子——不，现在应该说是国王的——手腕。惊人的消息已经在民众间传播开了，小王子很快就从多人口中听到："国王驾崩了！"这个不幸的消息使得这四处逃亡的孩子的心冰冷彻骨。他惊得浑身哆嗦。他意识到自己这一外出损失有多严重，不由得有种痛彻心扉之感。殊不知那位对他人残酷无情的暴君对他却是仁慈有加的。想到此，他的泪水夺眶而出，模糊了视线。一时间他觉得自己已是上帝的子民中最最孤苦伶仃、举目无亲而无依无靠之人了。到了夜里，另一阵惊天动地的欢呼声响了起来："爱德华六世皇上万岁！"他听了这欢呼声顿时两眼熠熠生辉，得意之感传遍全身上下，连手指尖都有所表现。"啊，"他暗自寻思，"这何等的庄严，何等的神奇——我当上国王了！"

我们的这两位朋友慢慢地在伦敦桥上的人群中挤挤挨挨向前而去。说来这座桥已有六百年之久的历史了，在这漫长的岁月中它一向就是人来车往、熙熙攘攘的热闹所在，也算是个稀奇之地了。桥两旁店铺林立，房屋鳞次栉比，从河的这一边延伸到另一边。商店的楼上便是居民的住家。这座桥本身就是一座小市镇，上面有客栈，有啤酒馆、面包房、裁缝铺、食品店、种种作坊，甚至还有一座教堂。它高耸着，俯视与其紧相连的左右两位邻居——旧伦敦城和南区——只把它们看作近邻，别无他意。可以说，这桥是个紧密的组合体，是座狭小的市镇，只有一条五分之一英里长的街道，居民不比哪个小村子多，相互的底细大家都了如指掌，而且对他们的先辈父母也都如数家珍——更不用说彼此的家庭大事小情了。这桥自然也有其自己的贵族王孙，那就是高贵的屠夫世家、面包师世家，等等，不一而足，和那些已有六百年历史的古老房子、对这座桥的前后光荣历史彻底了解的人，知道它奇异的传说，说桥之所说，想桥之所想，说起桥来，谎话连篇，说得头头是道，面面俱到，滔滔不绝。这些人眼光短浅，愚昧无知，狂妄自大。孩子们出生在桥上，养育在桥上，成长在桥上，最后老死在桥上。这辈子他们并没迈出过伦敦桥半步。在这样的人想象中，自然觉得那些日夜在桥上川流不息的人群，吵吵嚷嚷，大呼小叫，牛吼马嘶，猪羊闹声，压抑着的声音——全是天底下的大事，全属于他们自己所有，少不了他们的一份，至少他们可以凭窗展示，且付诸行动。每逢有位从外面归来的国王或英雄人物从桥上经过，有幸给这桥增光添彩，他们就能长时间地亲眼目睹那一队队过去的威武队列，而不被搅扰，别人是无此特权的。

生在、长在桥上的人觉得别处都枯燥无聊，令人无法忍受。历史上曾有这么一个人，说他七十一岁时离开伦敦桥到乡间生活。可是一躺在床上就辗转反侧，难以入眠。一片寂静害得他太痛苦，太可怕，简直要憋死人，忍无可忍，最终逃回桥上。这时候他已被折磨成了一个瘦骨伶仃、憔悴的人了，而回来后在流水拍岸的声响、人声鼎沸、车马轰鸣声的催眠下，他静静地进入了梦乡。

在本书所写的时代，伦敦桥为它的子孙提供了英国史的“实物教材”——换言之，那就是钉在桥头拱门上一些长长的铁钉，那上面挂着一些名人苍白而腐烂的头颅。不过这些我们且不去说它。

亨登就待在这桥的一家客栈里，他和自己的小伙伴刚走近客栈的门口，就听见有人粗声粗气地说：

“你到底回来了！给你实说吧，这回你是逃不了啦。要是能把你这一身贱骨头剁成肉酱，能叫你知道点厉害，兴许下次你就不会让人苦等了。”约翰·肯逖说罢伸手抓住了这孩子。

迈尔斯·亨登上前一步拦住了他，说：

“别忙，朋友。我说，你用不着这样不讲道理。这孩子是你的什么人？”

“不关你的事，别瞎扯胡。他是我的儿子。”

“你胡说！”小国王气愤地嚷道。

“好，有胆量。孩子，不管你那小脑瓜子是正常的还是有毛病，你的话我都信。管它这流氓是不是你爸爸，全都一个样，只要你愿跟我在一起，就是不能按他说的，骂你，揍你。”

“我愿意，愿意——我不认识他，我讨厌他，要是我跟他在一起，我就死定了。”

“就这么说好了，别的就不用再啰唆。”

“咱们走着瞧吧！”约翰·肯逖说着跑上前去，要去抓那孩子，“瞧他还想动武……”

“你这畜生，要是敢碰他，看我不一剑戳穿你，像戳只鹅！”亨登说着挡住了肯逖，同时手按剑把，约翰倒退了一步。“你听着，”亨登接着说，“刚才有一班你这样的暴徒要欺负他，可能要他的命，是我保护了他。你以为我会不再管他，让他再遭更糟的厄运吗？不管你是不是他的爸爸——老实说，你的话我不信——像他这样的孩子，堂堂正正死去，也比落在你这样不讲理的人手中要强得多。我看你还是快点给我走掉，别再添乱了，我这人天生没耐性，不想多费口水了。”

约翰·肯逖骂骂咧咧，嘟嘟哝哝走掉了，很快消失在人群中，

没了踪影。亨登带上自己的被保护人，上了三楼，回到自己的房间。他吩咐给自己送上饭菜。房间十分简陋，一张破床，几件七零八落的旧家具。两支蜡烛光线暗淡，照得房间一片昏暗。小国王拖着脚步挨到了床边，躺了下去，又饿又累，筋疲力尽。这一天一夜他的双脚不停地走着，没有吃过一点东西。现在已是清晨两三点钟了。他禁不住困倦地嘟哝道：

“到了开饭的时候，请叫我一声。”说罢立刻沉睡了过去。

亨登的眼睛里漾起了微微笑意，他自言自语道：

“你看这小叫花子，到了别人的家，占了人家的床，自自在在，心安理得，好像那是自己的。没一声‘对不起’‘请允许’之类的话，发起神经来，还说自己是威尔士王子，还一直不改口，胆子真不小。好个可怜的孤苦小子。毫无疑问，他吃了不少苦，弄坏了脑子。得了，我做定了他的朋友了。我救过他一命，我还要好好待他。我已经喜欢上这个爱说大话的坏小子了。面对那些疯狂的暴徒的挑衅他像名战士，毫无惧色，奋力反击！再瞧他细皮嫩肉，容貌清秀优雅，瞧他睡得无忧无虑，多恬然。我要好好教他，治好他的疯病。我就做他的老大哥，照顾好他，关心他。要是有人想伤害他，我就要那人做好寿衣等死，只要他需要，我赴汤蹈火在所不惜！”

他弯下腰，怀着慈爱和怜惜的目光注视着这孩子，用自己褐色的大手柔和地抚摸对方娇嫩的脸庞，理顺他那凌乱的鬈发。这孩子的身子微微现出一阵寒战，他喃喃道：

“唉，瞧他躺着身上没盖东西，怕是要受风寒了。我该怎么办呢？还是唤醒他，抱着他到床里去？他太需要睡一觉了。”

他想给这孩子再找一床被子，可没找到。他脱下自己的外衣，把孩子裹了起来，说：“寒风冷雨，单薄的衣服，这样的日子我过惯了，冷点我并不在乎。”说着他在房间脚不停地来回走动，来驱寒，还跟刚才那样自言自语着。

“他的脑子受了伤，这才说自己是威尔士太子。要说有个太子跟我在一起，那岂不是件咄咄怪事了吗？要说是太子，现在身份也变了，他已经是国王了。可怜的家伙还一个劲儿胡思乱想，竟不知道他现在已不是太子，该是国王了……我在国外坐了七年地牢，一直没有得到家里的音信。要是我父亲还活着，他一定会看在我的分上，慷慨地接待这可怜的孩子，我那好心的哥哥亚瑟也会好好待他的，我另一位弟弟修……要是他横插一杠，我就要敲碎他的脑袋。他是个狐狸般狡猾、蛇蝎般心肠的坏家伙！不错，就上那儿去，立马就走！”

茶房端来了热气腾腾的饭菜，摆放到小松木桌子上，摆好椅子后就离开了。这样的寒酸客人他是不会留下来侍候的。茶房出去时发出一声重重的关门声，惊醒了孩子，他一骨碌坐了起来，开心地打量了一眼四周，脸上又出现忧心忡忡的神色。他一声长叹息，嘟哝道：“唉，原来是场梦。我好伤心。”然后他看了看身上迈尔斯·亨登的外衣，再转眼看了看亨登，知道对方为他所作出的牺牲，温和地说：

“你对我很好，是的，你对我很好。衣服拿回去穿上。我不再需要了。”

他下了床，来到角落里的脸盘架前等着。亨登高兴地说：

“我们这就痛痛快快地吃一顿，饭菜香喷喷，热气腾腾的，加上刚才你睡了一会儿，吃过之后你又变成个棒小子了。别担心！”

那孩子没有回答，只是对这位持剑的魁梧武士投去坚定的目光，充满了庄严的惊讶和被激起的不耐烦之意。亨登感到迷惑不解，问：

“有什么不对劲吗？”

“好心的先生，我要洗脸了。”

“哦，原来是这么回事！你爱干吗就干吗，用不着请示我迈尔斯·亨登。这里的东西你想用完全可以随便拿去用。”

可小伙子还是站着一动不动，更有甚者，他那双小脚还在地板上不耐烦地跺了两下。亨登被搅得丈二和尚摸不着头脑。

他问：

“老天爷，又是怎么回事？”

“请给我倒水，不必多言。”

亨登差点没笑出声来，暗自说道：“老天爷，还真的摆出谱子来了！”说着他快步走上前，为那傲慢无礼的小家伙做了他所吩咐的事。然后立在他一旁，暗暗地发着呆，猛听得一声令下：“拿毛巾来！”把他从发呆中惊醒过来。他一言不发，忙把毛巾递到这孩子的眼前。接着他自己也洗了脸。洗脸的时候，他收留下来的孩子在桌前坐下来准备吃饭了。亨登迅速拉来自己的坐椅，放好后，正准备坐下来，这孩子气咻咻地说：

“慢！能在国王面前擅自坐下吗？”

这话惊得亨登如雷轰顶，几乎站不稳了。他喃喃自语道：“天哪，这可怜小家伙的疯病还真发得是时候！它是跟国家的变化而及时发作。他还真的把自己当成国王了！得了，我就顺着他的幻想——没别的法子，真的，要不他还要送我上伦敦塔坐大牢哩！”

他乐意把玩笑开到底，便把椅子挪开，自己站在国王的身后，尽自己能力所及，学宫廷那一套好好侍候他。

国王吃饭的时候，并不那么摆他那皇家的谱子，而显得愿意说话了。他说：

“如果我没听错，你说你叫迈尔斯·亨登，是吗？”

“是的，陛下，”迈尔斯·亨登说，心想，“这孩子神经错乱了，我得顺着他，称他陛下，尊他为皇上，不能有半点差池。我得把自己的角色一直坚持下去，一不小心，就演砸了，坏了这好心好意的好戏。”

国王喝了第二杯酒后，兴致更高了，说：“我想了解你这人，说说你自己的身世吧。你表现得勇敢、侠义而高贵——你出身高贵吗？”

“我们叨陪贵族之列之尾，尊敬的陛下！我的父亲是个从男爵——无非是个小小的爵位。他是肯特郡僧人洲附近的亨登宅邸的理查·亨登爵士。”

“这个名字我已记忆模糊了。接着说吧。”

“其实也没有多少好说的，陛下，不过说说我的来历好歹可以消遣它半个小时。家父理查爵士非常富有，生性豪爽。我还是小孩的时候，家母便亡故了，我有两个兄弟：哥哥亚瑟，心地像父亲那样善良，弟弟修是个卑劣之人，他狡诈贪婪，背信弃义，作恶多端，阴险狠毒——是个十足的恶人。他生性如此。十年前，我最后一次见到他时就这样了。他十九岁时，我二十岁，哥哥二十二岁——就是个十足的坏人了。此外，家里没有别的人。我有个表妹，伊迪丝小姐，那时她才十六岁，她美丽、温柔、善良，她父亲是伯爵。她是家里的独生女，是一笔巨大的财产和爵位的唯一继承人。家父是她的监护人。我爱她，她也爱我。可是早在她还在摇篮的时候就和亚瑟订过婚，理查爵士不许解除这门亲事。亚瑟爱的是另一位姑娘，所以鼓励我们都不要灰心，坚持自己的愿望，总有一天时来运转，我们都能如愿以偿的。修也爱伊迪丝，他爱的是她的财产，可嘴里说爱的是她这个人。他这人向来说的是一套，想的是另一套。可是这姑娘不吃他这一套。他骗得了我爸爸，他的骗术用在别的人身上就不灵。三个兄弟中我爸爸最爱的就是他，对他非常信任，最听他的话，认为他是最小的儿子，我们都恨他——正是这些特点历来最能博得父母的宠爱。而且他能说会道，花言巧语，自有一套骗人的招数。如此，让他得到更多盲目的爱，更让他的骗术如虎添翼。我这人性子野。说实在的，我确实不听管束，说话粗野——但我从不存恶心，不损人，不害人，不丢人，不作恶，不犯法，不卑鄙，没给我们高贵的身份蒙羞受辱。

“可是我弟弟修利用我们的短处为自己得利——他见我哥哥亚瑟身体不是很好，要是再除掉我这障碍，他就可以胡作非为了。皇上，还是长话短说吧。简言之，我的这个弟弟，把我的短处巧妙地夸大，把它说成是滔天大罪。他滥施阴谋诡计，说是在我的房间里发现一只丝绸软梯子——其实是他自己放到我房间的——他便凭这点，又收买了几个仆人和其他喜欢弄虚作假的坏蛋，在我父亲面前说我存心违背父命，拐走伊迪丝，和她成婚。我父亲相信了他的谎言。

“我被赶出家门，在外流浪了三年，我父亲说，让我去英国当一名军人，增加点智慧，或许有些出息。我参加过连年的大陆战争，经历了千辛万苦，出生入死，历经风险。但是最后我被敌方俘获，连续七年被关在外国的地牢里，月缺月圆，吃尽苦头。最后我凭着自己的智慧和勇气终于得以自由，径直来到了这里。我刚来，两手空空，既缺钱，又没有像样的衣装，而我又坐七年沉闷的牢，对亨登宅邸、我的家人和家境已一无所知。陛下，我这乏味的故事就讲到这里。”

“你受了可耻的迫害，”小国王说，双眼闪出愤怒的火光，“但是我会为你申冤的——我可以凭十字架发誓！这是圣旨。”

听了迈尔斯蒙冤的经历，小国王激动起来，便把自己近来所遭受的磨难一一向对方和盘托出，令对方异常惊讶。迈尔斯听了，暗自说道：

“呵，瞧他的想象力多丰富！他的脑子还真的与众不同。不管他疯不疯，单凭一些臆造出来的异想天开的情节是编不出这样有条有理、荒诞不经的故事来的。可怜的、惨遭伤害的小脑瓜子，只要我活在世上，决不让他孤零零一人无依无靠，我决不离开他。我要好好宠着他，我的小伙伴。他的脑病一定会治好的——成为一个完全正常、健康的人——到时候他就会成名——我就会自豪地说：'这是我帮忙的结果——是我收留了这无家可归的小流浪儿，是我看出他的与众不同，我也说过，他必有扬名显姓的一天。'看看吧，我说对了吧！"

接着国王用一种深思熟虑的口气，字斟句酌道：

"你救了我，使我免受伤害和羞辱之灾，也许还可以说救了我一命，保住了我的王位。这功劳会受到大赏的。把你的愿望说出来，只要不超出一个国王的权力范围，都可以如愿以偿。"

亨登做梦也不会想到，对方会这样异想天开。他刚要谢谢小国王，把话题岔开，说自己并没有做到尽忠尽责，不值得受赏，猛地想到了一个妙主意。他请求让自己对这一仁慈的恩典好好想想再说，得到了国王的恩准，并说这等重大事件本当不能匆忙决定，还是仔细考虑为好。

迈尔斯寻思了一会儿后，暗自说道："不错，这事值得一做。除此别的办法都不可行。刚才一段经历教我明白再这样继续下去也够累人、够烦人的。是的，我要提出。机不可失。"于是他单膝跪地，说：

"我所尽的绵薄之力不过是做臣子应尽之责，不值一提。既然陛下说应予以嘉赏，那我就冒昧请陛下恩准一事。皇上知道，大约四百年前，英王约翰与法皇结下了仇。国王宣谕，由两名武士在比武场决斗，借所谓上帝的仲裁来解决争端。英法国王和西班牙国王都到场观战。法国武士上场了，但英国武士一见对手勇不可挡，都不与他交手。事关重大，英王见势不妙，有认输的意思。这期间伦敦塔关着英国最强大的武士库西勋爵，他的爵位和财产已被剥夺，而且因受长期囚禁，身体日见虚弱。有人请他出来应战。他同意

了，便披挂上阵。法国武士一见他魁梧的身材，又大名贯耳，便临阵脱逃。法王只好认输。英王约翰恢复了库西的爵位，归还了他的财产，并说：‘把你的愿望都说出来，即使要我的一半江山我也在所不惜。’那时库西也像我一样跪着，回答说：‘陛下，我只求一件事：我希望我和我的子孙后代在大英国王面前永有不脱帽的特权，王位存在一天，该特权始终有效。’这请求得到了恩准，陛下是知道的。四百年来，这个家族的子嗣绵延不断，所以时至今日，这个家族的人在国王面前都可头戴帽子或头盔，不受干涉。这是别人做不到的。我在考虑自己的请求时想到了这件事，并请皇上除了这一特权外，还要满足我另一个愿望，那就是我的后代永远可以在大英国王面前坐下！”

“迈尔斯·亨登，起来吧，我封你为爵士，”国王庄严地说，并用亨登的剑代行了授勋典礼，“起来吧，然后赐坐。你的愿望已得到了恩准。英国存在一天，王位继续一天，这特权永不丧失。”

国王沉思着，走开了，亨登就在饭桌前坐了下去暗自说道：“这主意很妙，帮了我的大忙了。我的两腿累坏了。以前还没觉得，我以后还得站立几星期，直到这可怜的孩子脑子治好了。”停了片刻，他接着说，“这下我可真的成了梦幻国的骑士了！对我这样讲究实际的人来说，这头衔还真的稀奇古怪哩——我可不能笑出来，上帝保佑，这虽说是件没影的事儿，可他还真的当回事哩。一方面，它不能算是虚假的，而是他温柔而慷慨的心灵的真实反映，”略停片刻，他又说，“啊，要是他在人前把我那漂亮的封号当众叫出来，那如何是好？我的荣誉与我这一身衣服实在不相配。不过也无妨。只要他高兴，他爱怎么说就怎么说吧。我都乐意。”

第十三章　王子失踪

两个伙伴都感到疲惫不堪，国王说：

“把这些破烂货全拿掉！”——他指的是自己身上的衣服。

亨登不置一言，也没有不同意的表示，便把对方的衣衫脱了下来，并用被子盖好了国王，打量一番四周，伤心地自言自语起来：“像刚才一样，他又占了我的被窝——天哪，我自己如何是好？”小国王注意到了亨登的为难，说了一句话，解决了难题。他在睡眼蒙眬中说：

“你就睡在门口，挡住门，守护好。”说罢他很快就无忧无虑地睡着了。

“亲爱的宝贝，他该天生就是个国王！”亨登赞赏地喃喃道，“你看他演得多出色！”

他在门口的地板上躺了下去，心满意足地暗自说道：

“七年来我待的地方还不如这里好呢。有这样住的地方还要埋怨，那对上帝就太忘恩负义了。”

到了黎明时分他睡着了。到了中午，他醒过来，掀开睡梦中的监护人的被子——每次只掀一点点——用一根细绳子量起他的身高。就在他量好了国王的身高时，国王醒了过来，直抱怨太冷了，还问他这是干什么。

“量好了，陛下，”亨登说，“我要出去办点事，很快就会回来的，你再睡会儿。你该多睡会儿。我这就把你的脑袋也蒙上——你很快就会暖和起来的。”

没等他把话说完，国王又进入了梦乡。迈尔斯悄悄地走了出去，过了四五十分钟，又悄悄地回来了。他拿回一套男孩子穿的旧衣服，衣料是廉价的，显然是穿过的，但还是挺干净，适合这种季节穿戴。他坐了下来，一面检查买回来的东西，一面喃喃自语：

“要是钱包鼓些，就会买回更好的东西了。可惜钱包瘪瘪的，能买回这些东西就该自足了。”他不禁哼了起来——

> 我们镇上有个女人，
> 有个女人住在我们镇上……

“瞧他身子动起来了，我可不能唱得太响，他已累得不行，以后还要有很长的路要走，糟蹋他的好梦可不好……可怜的孩子。这件衣服……够不错了，得缝上几针。另一件好些，可也得缝几针……这些玩意儿都挺棒的，好让他的小脚儿不受冷，保持干干的。过去，不论冬夏，他无疑都赤脚惯了的，这些玩意儿他定感到新鲜哩……面包要是像针线那么便宜就好了，只花了一个铜子儿买回来的针线够我用一年，这根呱呱叫的针，也是白饶给我的。如今让我干针线活，还真的有些费劲！”

说来还真的够费劲。大老爷们干这种活总是这样，千年也学不到家。瞧他一只手拿稳针，刚想把线往针眼里穿——这与女人穿针引线的方法恰恰倒了个个儿——一次又一次，就是穿不过去，不是往左边歪了，就是偏向了右边，有时候竟碰到了针杆上绕了起来。不过他很有耐心，而且过去当兵的时候也干过这活，最后大功告成了。这时候那件外衣在他怀里已等了好久了，他拿了起来，开始缝补。“客栈的房钱已结算过了，没有送来的早饭也已付过，剩下的钱可以买两匹驴子，还够应付两三天路途上的零星开销，熬过去两三天后，就可以消受亨登宅邸丰盛的招待了……

她爱自己的丈夫……

“糟透了，手指让针给刺了……这算不得什么大事儿，也不是件新鲜事儿，可到底让人不舒服……到了那儿，小宝贝，就美了，真的！你那一切烦恼就没了，你的毛病就好了……

她爱自己的丈夫，甜甜蜜蜜，
可是另一个男人……

“这几针的针脚大得可以！”他说着拿起衣服，欣赏了起来，“瞧缝得多有气派，多神气，那裁缝缝的小里小气的针法跟这一比，就显得太寒酸，太俗气了……

她爱自己的丈夫，甜甜蜜蜜，
可是另一个男人爱上了她……

“啊呀，可补好了——多漂亮的活计，补得还真麻利。现在我得去叫醒他，给他穿衣，倒水，侍候他吃饭，然后赶到南区的特巴客栈旁的集市去买……请起床吧，皇上……他没应声哩。瞧他睡得这么沉，没听到我说话，看来只好冒犯龙体，推他一把了。什么！”

他掀开被子一看——孩子不见了！

他又惊又呆，半晌说不出话来。他打量四周，这时才发现孩子的破衣服也没了影子。他大发雷霆，扯起嗓子喊客栈的老板，一名茶房端着早饭进来了。

“快给我说清楚，你这魔鬼，要不你的死期到了。”这位军爷冲着茶房吼着，他暴跳如雷，冲了过去，吓得对方一时间说不出话来，惊呆着不知如何是好，“孩子哪里去了？”

茶房浑身哆嗦，断断续续把亨登想知道的事全告诉了他。

“您刚走，老爷，跑进来一个小伙子，说是按您的吩咐，要那孩子立马去见您，说您在靠南市那一边的桥头等他。我就把孩子领过来。他弄醒了那孩子，把您的话给他说了，那孩子还抱怨说，不该‘老大早’就弄醒他——哼，还说‘老大早’哩，不过他还是把一身破烂全裹了上去，跟那小伙子走了。还说老爷您该亲自来接他去，这才合规矩。不该只托陌生人捎个口信，就这样……”

“你这傻瓜——傻瓜，就那么轻易上当！你们这班家伙都该上绞架！也许这孩子不会有事的。人家不会有意害他的。我这就去把他找回来。准备好饭菜！且慢！这床铺摆得像是有人睡过——是凑巧的吗？”

“我不知道，好心的老爷。我看见那小伙子摆弄过床铺——那个来找孩子的小年轻。”

“真该千刀万剐——他这是想骗我——想拖延时间。我来问你，来的只小伙子一个人？”

“只他一个，老爷。”

“当真？”

“当真，老爷。”

“你这脑子糊涂的家伙，给我好生想想，别慌，给我想想。”

茶房想了一会儿，说：

“他来的时候没人跟着，现在我想起来了，他俩上了桥，进了人堆，就有一个看样子流里流气的家伙从附近什么地方钻了出来。就在他跟他俩走到一起的时候……”

“后来呢——快说！”亨登忍不住吼起来，打断了对方的话头。

“就在这时候，他们周围围拢了人，刚好老板叫我回去，我就没

看下去了。老板发脾气哩。老板叫我是因为那书记官要了一份烤肉，我们忘了送，老板发起了火。可我请老天为我作证，这事怪不得我，这就像给还没出娘胎的孩子定罪……”

“你给我滚。白痴！你唠唠叨叨个没完，还不把人逼疯了！站住！你这是往哪儿跑？就不能多待一会儿吗？他们是往南区去的？”

“可以这么说，老爷——我已经说过，那份该死的烤肉，没出娘胎的孩子是没罪的……”

“你还赖着没走？还在唠叨个没完？滚，免得我把你活活掐死！”

茶房一走，亨登拔腿就跑，追过了茶房，三步并作两步下了楼梯，嘴里嘟嘟哝哝：“准是那个说孩子是他儿子的流氓干的。我把你丢了，我可怜的疯子小主人。想起来多痛心，我已经喜欢上你了！不，我对天发誓，你不会丢失的！不会丢失，因为我要跑遍天涯海角，不找回你死不罢休！可怜的孩子，早饭都给你准备好了，也有我的，可我不觉得饿，留给耗子吃好了——快，快！这是最要紧的！”他在桥上熙熙攘攘的人群中东奔西跑的时候，几次三番自言自语——一个劲儿想着，好像这么想他才高兴似的：“他抱怨，可还是走了——走了，是的，因为他以为是迈尔斯·亨登让他去的，亲爱的孩子。要是别人要他去，他决不会去的。我有十分把握！”

第十四章 “老王驾崩，新王万岁！”

同一天近黎明时分，汤姆·肯逖从噩梦中惊醒过来，在昏暗中睁开了眼睛。他躺着，一声不吭，想好好理理自己纷乱的思绪和印象，从中理出有意义的头绪来。突然，他惊喜万状，压低声音说：

“我全明白了，全明白了！谢天谢地，我终于醒悟过来了！来吧，快乐！滚开，烦恼！哦，楠！哦，贝特！把那些烂干草一脚踢掉，到我这里来，我要你们的耳朵里听到一个离奇的梦，哪怕是黑夜恶魔也编不出比这更荒唐的怪梦，你们听了准会大吃一惊，怎么也不会相信的……哦，楠，听我说！哦，贝特……”

他的身边出现一个模糊的人影，说：

“陛下有何圣谕？”

“圣谕？……我太不幸了，我听出是你的声音！你说，我到底是哪个？”

“您？千真万确，昨天晚上您是威尔士王子，今天就成了我的万岁陛下爱德华，英国的国王了。”

汤姆把脑袋埋进了枕头里，伤心地喃喃自语道：

“天哪，这可不是梦！你去休息吧，好心人——让我独自承担自己的悲伤吧。”

汤姆又睡了过去，不一会儿，他又做了这么一个美梦。他觉得现在是夏天，一个人在称作“好人场”的美丽草地上玩着。来了一个只一英尺高的小矮人，长着红红的长胡子，驼着背，他来得突然，

对他说:“在那个树墩子旁挖挖!”他挖了挖,挖到了十二枚新便士——这下他发大财了!还有哩,小矮人还说:

“我认识你。你是个好孩子,该得好报。你的苦难就要结束,你得到好报的日子就要到了。你每隔七天就来挖一次,就会找到同样多的宝贝,十二枚晶晶亮的新便士。别告诉别人——要保密。”

后来小矮人不见了,汤姆拿着意外之财回到垃圾大院,暗自说道:“今后我每天都给爸爸一便士,让他以为我这是乞讨来的,让他高兴高兴,我也不会挨揍了。教我的那位神甫我每星期也要给他一便士,剩下的四便士就给妈妈、楠和贝特,我们再也不会遭挨饿、穿破衣、担惊受怕、挨打的罪了。”

他在梦中上气不接下气跑到了自己肮脏的穷家,他兴高采烈,喜气洋洋,把四便士的硬币扔进妈妈的怀里,大声道:

“给你们仨的——全都是给你们仨的,一人一便士——给你、楠和贝特的。全都是清清白白得来的,既不讨,也没偷!”

又惊又喜的妈妈把他揽入怀中,惊叫起来。

“时候不早了——请问皇上要起来了吗?”

哎,回答他的不是他所期待的那个人。美梦顿时成了泡影——他醒了过来。

他张开双眼——只见首席司寝大臣身穿华装丽服跪在他的床前。那个害得他好苦的美梦已销声匿迹。可怜的孩子意识到自己还是个笼中鸟,一个国王。御寝里站着一班披着紫色斗篷的大臣——他们那是穿着丧服。此外还有侍候皇上的仆从。汤姆从床上坐起来,透过厚实的丝绸帐幔定睛打量外面一班穿戴考究的臣仆。

隆重的穿衣程序开始了。在他穿衣的过程中,大臣们一个个先后跪倒在他的床边,为他的丧父之痛,深表吊唁。开始阶段,等在一旁的主侍从官拿起一件衬衣,传给了总内侍官,总内侍官再递给次御寝大臣,次御寝大臣又把它递给温莎御猎林场的总管,该总管又转交给了三级近侍官，他又交给兰开斯特公爵领地王室大臣，再转交御服大臣，再转交诺洛伊纹章局长，又递给伦敦塔典狱官，又交皇家总管大臣，又递交世袭大司巾，又递交英国海军长官，又递交坎特伯雷大主教，再交给总御寝大臣，御寝大臣这才把反复经多人传递的衬衣接过来，给汤姆穿上。这一个个程序看得可怜的小家伙眼花缭乱，不由得联想到了救火时人们传递水桶的情景。

每件衣服都要经过这缓慢而庄严的过程，害得汤姆对这一程序心生厌烦，厌烦得最终见到那件绸缎的长裤子顺着一排大臣传递过来，知道事儿接近尾声，心头不禁涌上一股谢天谢地的感激之情来。可是他高兴得过早了。只见总御寝大臣接过裤子，正要往汤姆身上穿，突然他的脸一下子红了起来，忙把裤子退还给了坎伯雷特大主教，惊慌失措地说："阁下，你来看！"——手指着裤子上的一个地方。大主教脸一阵红，一阵白，把裤子退给了海军大臣，也低声说了一句："阁下，你来看！"海军大臣把裤子给了世袭大司巾，他吓得几乎背过气去，连一声"阁下，你来看"也说不清了。这条裤子又顺着一班大臣次第传回去，从皇家总管大臣到伦敦塔典狱长，到纹章局长，到御服大臣，到兰开斯特公爵领地王室大臣，到三级近侍官，到温莎御猎林场总管，到次御寝大臣，最后到了总内侍官手里——照例都伴着一声诚惶诚恐的"你来看！"——直到传递回大侍从官手里，才算大事告终。这位大臣吓得面无人色，瞠目结舌，把那惹祸的毛病打量了一眼，然后气喘吁吁地说："该死，裤边的花边掉了一个坠子——把御裤总管打入牢中！"然后身靠总内侍的肩膀，恢复已经耗尽的气力，等候没掉坠子的新裤子送来。

但是，凡事总有其结束之时，汤姆·肯逊终于穿戴完毕，可以起床了。专司其职的官员倒好了水，专管洗脸的官员给他洗了脸，专管拿毛巾的站在他一旁。汤姆顺利完成了规定好的盥洗程序，准备让理发师为他整容。经这位高人的巧手后，汤姆身披紫色丝绸斗篷，着紫色丝绸大脚短裤，头戴顶上插着紫色翎毛的帽子，仪表堂堂，焕然一新，其姿容不逊绝代佳人。他仪态万千地向早餐室走去，所到之处，官员们都恭恭敬敬后退让路，跪地迎送。

早餐毕，在一帮高官和五十名手持金色战斧的侍从护卫下，按照帝王的仪式，他被引到了坐朝的金殿，那可是处理国家大事所在。他的舅舅赫特福德勋爵在宝座旁站定，随时提出贤明高见，以助皇上思考。

一帮已故国王所指定的遗嘱执行人趋前请汤姆准许他们的几项决议——只是形式，但也不全是形式——因为这时还没有摄政。坎特伯雷大主教报告了遗嘱执行委员会有关已故国王陛下治丧事宜的命令，最后宣读了各执行委员会的签名：坎特伯雷大主教、英国大法官、威廉·圣约翰勋爵、约翰·罗素勋爵、爱德华·赫特福德勋爵、约翰·李斯尔子爵和德拉谟主教卡思伯特。

汤姆没有在听——该文件前面有一个句子令他迷惑不解，当时他正转身低声问赫特福德勋爵：

“他说葬礼定在哪一天？”

“下月十八日，陛下。”

“这太愚蠢古怪了。他能保持得这么久不腐烂吗？”

可怜的家伙，他对皇家的习俗未免太无知了。过去看到的都是垃圾大院那些可怜的死者，很快就被抬走，与这里处理尸体的办法大相径庭。不过听了赫特福德勋爵的一两句话，他就放心了。

国务大臣呈上委员会的一道命令，定于第二天十一点钟接见外国大使，请国王钦准。

汤姆用探询的目光看了赫特福德勋爵一眼，对方低声说：

“陛下表示同意吧，他们来是为了对陛下和英国遭到的巨大不幸表示哀悼的。”

于是汤姆依言照办。又来一位国务大臣，宣读一份有关先王

的王族开支报告的绪言，提到在过去的六个月中，其开支总数达二万八千镑——这么一个庞大的数字，惊得汤姆喘不过气来。后来听说其中的两万镑还欠着，没有支付，更吓得他再次气喘吁吁。原来国王的钱库已几乎空空如也，他的一千两百名仆役的工钱被拖欠着，已陷入了困境，汤姆忧心忡忡，说：

“我们分明已倾家荡产了。完全有必要搬到小一些的房子去住，打发掉一些闲杂人员，他们不但是多余的，而且还误事，他们所帮的那些忙完全是折磨人，让人感到丢脸，他们不起任何作用，个个无非是傀儡，没脑子，空生一双手脚，一无用处。我记得自己那个家，就在比林斯盖特海鲜市场附近……”

顿时，汤姆觉得胳膊被人捏了一下，他立即住了嘴，没有把傻话说下去，脸上也是一阵飞红。不过没有谁露出丝毫异常的神色，似乎没有听到，也引不起他们的关切。

还有一位大臣报告说，先王已在遗嘱中决定授予赫特福德勋爵公爵的爵位，他的兄弟汤马斯·赛莫尔爵士晋升为侯爵，赫特福德的儿子晋升为伯爵，另外还有几位大臣也得到类似的晋升，因此委员会决定在二月十六日举行会议，宣布上述恩典，并予以确认。同时还宣布，由于先王的遗嘱中未提到赐予受封人领地，使他们足以维持新爵位的开支，委员会深知先王对此事的旨意，因此认定应赐予赛莫尔“地租五百镑的领地”、赫特福德之子“地租八百镑的土地，此后若有主教的领地被充公，再拨他地租三百镑的土地”——还说新登位的国王也同意此等安排。

汤姆正准备开言，说耗尽先王的全部钱财前，应先偿还其债务，但深思熟虑的赫特福德又及时地在他的胳膊上捏了一下，他才没有继续说出此类的不当之言，反而堂而皇之表示赞同，并无非议的表示，但内心颇感不安。这时候他沉思片刻后，突然想到，如今想干一件非同寻常、光辉灿烂的事只是举手之劳，轻而易举。于是心里萌生了一个愉快的想法：为什么不册封自己的母亲为“垃圾大院的女公爵”，再赐给她一块领地呢？可是心头又产生一个伤心的念头，立刻压下了刚才的想法。他只是个挂名的国王，而那些老谋深算、一脸严肃的长辈和大贵族才是他的主子。在他们的心目中，他的母亲充其量只是这个神经错乱的小疯子想象中的人物。他们对他的提议，压根儿不会相信，随后还要请大夫给他治病哩。

听政的过程非常枯燥乏味，令人生厌。又是念请愿书，又是读宣言和特许状，等等，还有反反复复累人的公务文件，听得汤姆忍不住伤心地长叹了一口气，小声自言自语起来：“我到底作了什么孽，害得上帝把我赶离了田野，呼吸不到自由的空气，晒不到阳光，囚禁在这里，当个国王，如此折磨我？”接着他那昏昏沉沉的脑袋耷拉了下来，很快就垂到了肩上。帝国的大事因这一尊严的工具没有参与，缺了批准的权力而暂时停顿了下来。熟睡的孩子笼罩在一片寂静之中，王国的贤人智者也就无法施展其大智大慧了。

经两位监护人赫特福德和圣约翰的许可，上午，汤姆与伊丽莎白和简·格雷公主一起愉快地度过了一个小时，不过她俩都因为受到皇家遭受到的重大不幸的影响，情绪非常低落。在三个人相见结束后，汤姆的“姐姐”——就是后来史称的“血腥玛丽”——隆重地接见了他，令他大为扫兴，要说有什么好处，在他看来，便是接见的时间很短暂。他独自待了一会儿后，一名约莫十二岁、瘦小的男孩子被领了进来，他的衣服，除了皱领是雪白的，手腕上镶着花边，浑身上下全是黑的。紧身衣和裤子无不如此。他除了双肩上各佩着紫色缎带的孝结，没有其他居丧的标志。他低着光头，畏畏缩缩地来到汤姆跟前，单腿跪下。汤姆一动没动，仔细地端详他一会儿，开言道：

“起来，孩子。你是谁？来干什么？”

那孩子立起了身，优雅地站着，显得并不紧张，但脸上不无焦虑的神情。他说：

“您一定还记得我吧，陛下。我是您的代鞭童。”

“我的代鞭童？”

“正是，陛下。我叫汉弗莱——汉弗莱·马洛。”

汤姆觉得，冒冒失失来了这么一个人，自己的监护人事先该交代他一下才是。这下他该如何是好？假装自己认识他吗？很快就会露出马脚，只要他一开口，就会看出，他从来没听说过这个人。不行，不能这么办。他灵机一动，计上心来，这才放下了心。意外事件随时都会发生，既然赫特福德和圣约翰是遗嘱执行委员会的成员，遇到紧急情况都会被人叫走，不在他的身边。也许他得自己想出个办法以解燃眉之急。不错，那是个聪明的主意。这办法不妨在这孩子身上一试，看看到底收效如何。于是他摸摸自己的脑门，一时装得非常为难的样子，说：

“现在我好像想起你来了——可是我遭受痛苦，脑子糊涂，不听使唤……”

“哎，陛下！”代鞭童痛心地大声道，“正如他们说的，他的脑子果真不灵了——主啊，这可怜的人儿！我太不幸了，怎么把这茬子忘了呢？他们说过，在他面前千万不能露出注意到他发了疯的样子。”

“你说怪不怪，这些天我老觉自己没了脑子似的。”汤姆说，“不过你不要在意，我很快就能好起来的。只要稍一提醒，被我忘了的人和事我立马就能记起来的。（不仅如此，就连我从来没听说过的，我也能想得起来。我这话这孩子以后会明白的。）快告诉我，你是干什么的？”

“这些都是小事，陛下。只要我一点拨，您就用不着犯难了。两天前，陛下学希腊文错了三回——就是在早课的时候——这事陛下还记得吗？”

“不——错，好像有这么回事。(这算不得撒谎，既然我学过希腊文，管他错了三次，还是三十次。)不错，我想起来了，有这么回事。你接着讲。”

“太傅说陛下学不好，那是因为陛下‘心不在焉’，为此他大发脾气，说要狠狠用鞭子抽我，而且……”

“用鞭子抽你？”汤姆吃了一惊，简直控制不了自己了，“我犯了错，干吗要抽你呢？”

“哎，陛下又忘了。只要你功课没学好，他都要处罚我。”

“是了，是了，我忘了。你私底下教我——要是我没学好，他就怪你教得不得法，便……”

“陛下，怎么这么说呢？我是您最最卑贱的奴才，怎么敢教您呢？”

“那你错在哪里呢？这谜我可猜不透。是我真的疯了，还是你疯了？你倒明白说说——全说出来。”

“好陛下，这没有什么好说的，道理很简单。威尔士太子即使犯了错，谁也不能冒犯他的圣体。那就得由我来受过代罚。天经地义，这也是我的职务，我也是靠这个为生的。”

汤姆定睛端详着这文静的孩子，心里暗想：“我的天，这真是件奇事——居然有这么稀奇古怪的行当。我纳闷，他们怎么不雇个孩子替我梳洗穿衣——要是那样就谢天谢地了。我宁可自己来做代鞭童，让鞭子打在我自己的身上。要是那样就谢天谢地了。”

接着他大声问：“太傅说到做到，已经鞭打过你吗，可怜的孩子？”

“还没有，陛下，今天就是我挨罚的日子，不过看来会取消的，因为在这悲哀的日子不宜这么做。到底会不会呢，我说不上，所以我大着胆子到这儿来，想提醒一下陛下，您答应过替我说情……”

“跟太傅说吗？免你挨鞭子？”

“哦，你到底还记得！”

“你看，我的脑子不是好了吗？你放心好了，你的脊背不会受苦的。我不会袖手旁观。”

“哦，我感激不尽，陛下！”说着这孩子又跪了下去，大声道，“也许，我这么做够大胆的了，可……”

汤姆见汉弗莱犹豫不决，鼓励他接着说下去，他说现在自己“正逢上好心情”。

“那我就说了，因为这事跟我关系重大。现在您已从威尔士王子升为国王了，你处理起事来可以随心所欲，没人敢反对了。要是你再拿那些枯燥乏味的功课自找烦恼，怎么也说不过去，你准会把那些书本统统烧掉，找些舒心的事玩玩。那我就完了，我那几个无依无靠的姐妹也跟着我倒霉了！”

“你要完了？怎么回事，怎么可能呢？”

“我就是靠自己的背脊挨鞭子过活的，陛下！要是我的背脊闲着没挨抽，我就要挨饿。只要你不学习，我的职位就丢了，因为你不需要代鞭童了。请别撵走我！”

这棘手的苦恼事动了汤姆的恻隐之心。他怀着帝王的仁慈之心，慷慨激昂地说：

“别难过，孩子。你的职位永远丢不了，你的行当永世长存。”他说着，用剑面在这孩子的肩膀上轻轻一拍，高声道，“起来，汉弗莱·马洛，你是英国世袭的代鞭童！英国王室的孩童！忘了忧愁，我一定会学习，而且要学得挺糟糕，让你干的这行当兴旺发达，公平合理地付你三倍的工钱。”

汉弗莱感激不尽，兴高采烈地说：

“感谢不尽，圣明的皇上。您皇恩浩荡，我哪怕是异想天开，怎么也想不到自己会这样幸运。我一生一世的幸福将无穷无尽，马洛家也将幸福万代。”

汤姆并不笨，他看出，这孩子对他很有用。汤姆鼓励对方说下去，汉弗莱也挺乐意说。他高高兴兴地让汤姆相信，他会帮助汤姆治好疯病的。后来他俩在御书房或皇宫附近的所经历过的种种细节，一经他提醒，小国王都能清清楚楚记起来，说明他那有毛病的脑子已经康复了。一个小时后，汤姆发现自己已获得许多有关宫里的人和事的宝贵信息。所以决定此后天天从这一来源打探消息。为此，他下旨，每次汉弗莱进宫来，只要皇上身边没有别的人，就允许他到皇上的私室来。

汉弗莱前脚刚走，赫特福德勋爵后脚就跟进来，给汤姆带来新的烦恼事。他说，遗嘱执行委员会的大臣担心有关国王健康不佳的消息被人泄露出去，引起流言蜚语，明智而有效的做法是此后每隔一两天，皇上应当当众用膳一次。这样一来，即使有不利的流言已在外传播，皇上正常的气色、生气勃勃的精神面貌，再加以多加注意自身的言行举止，外面的谣传自然就不攻自破。

于是伯爵就小心地行动起来。他指导汤姆在隆重的场合下所应遵守的礼仪，假装说有些事汤姆自然是“知道的”，但不妨提醒他一下。结果汤姆却用不着他帮忙，令伯爵大喜过望。原来汤姆已从汉弗莱那里得到了消息——他是从宫中飞速流传的闲言碎语中得来的。汉弗莱事先告诉他，过几天汤姆就会当众用膳，汤姆对这一消息守口如瓶。

伯爵一见汤姆的记忆力大为改观，便壮着胆要证明一下，装作像是随便问问。结果很有几处令他非常满意——那都是得力于汉弗莱事先的透露，汤姆也就对答如流了。总的来说，伯爵对试验的结果很是满意，大受鼓舞。他信心倍增，满怀希望，提出这么一个问题：

“我相信，只要陛下费心稍加思索，国玺之谜就可解了——国玺的失踪是件十分重大的事件，不过那是过去的事，随着先王归天，它已丧失效力，今天已无关紧要了。陛下不妨再试着想想？”

汤姆如坠云里雾中——国玺这玩意儿他闻所未闻，见所未见。他犹豫了片刻，茫然地抬起了头，问：

“伯爵，那是什么东西？”

伯爵吃了一惊，但没有流露出来，只是嘟嘟哝哝说：“老天爷，他的老毛病又复发了——要再逼着他动脑子，是很不明智的。”于是他巧妙地把话题引到别处，好让汤姆不再为这倒运的国玺大伤脑子——这目的很容易就能达到。

第十五章　汤姆当上了国王

第二天各国大使带着一帮仪表非凡的随从来到宫里，汤姆一副国王的装束，隆重地接见了他们。一派壮丽辉煌的场面看得他心花怒放。开始时他的想象力天马行空地驰骋起来，后来因为接见仪式过于冗长，过于枯燥——大使们的致辞大都千篇一律，开始时听来还兴趣盎然，慢慢地便厌倦起来，勾起了他的想家之情。汤姆要说的话都是赫特福德勋爵事先教给他的，而且他装作很满意，但是他对这些事毕竟十分生疏，觉得不自在，所以只能做到勉强过得去。表面上他做到处处摆出国王的风度，但心里实在觉得不是滋味。这些礼节终于结束了，他才觉得如释重负。

这一天大部分时间算是白白"浪费"掉了——他内心觉得是浪费——因为干的都是与国王相关的苦差事。即使那两个小时说是供国王娱乐和消遣的，但规矩很多，礼节繁复，也觉得是一种负担，只感到索然无味。幸亏他还有一小时与那代鞭童单独相处的时间，才既得到了一些乐趣，也听到一些有用的消息。

汤姆·肯逖当了三天的国王，觉得天天如此，索然无味，不过第三天他觉得有一点小好处，那就是开始不那么拘束了。他已渐渐地适应这环境和气氛。他身上依然被"锁链"重重地捆着，疼痛异常，但并非始终如此。时间一小时又一小时在他头上迅速飞过，人们对他的顶礼膜拜也渐渐地让他不那么难堪了。

要不是第四天发生了一件令他胆战心惊的事，这一天就不会害得他心急如焚了。那就是从那天开始要在公众面前用餐。按计划，用餐时要有好几件更大的事要办——就在那天，要主持一次重大的会议，会上大臣们要恭听他的旨意，接受他的命令，事关全世界远远近近大小国家的外交政策；就在那天，赫特福德勋爵被正式选定为摄政大臣；就是那天，还要解决一些别的重大事情。不过在汤姆的眼中与另一件事相比，便微不足道了。那就是：在众目睽睽下吃饭时，却有无数双双好奇的眼睛盯着自己，对他的举动无数人都会指指点点，万一不幸出现差错，人家就会议论纷纷。

可是第四天说来怎么也挡不住地来了，害得汤姆垂头丧气，心灰意冷的，这种心情一直缠着他挥之不去。上午好不容易把一些普通的公事应付过去，已搅得他筋疲力尽，又让他感到自己简直成了个囚徒，痛苦难当。

上午晚些时候，他待在一个宽大的接见室里，与赫特福德勋爵交谈，一本正经等着接见许多高官要员时刻的到来。

不一会儿，汤姆不觉来到窗前，被宫外大街上那些人来人往的热闹场面吸引了过去，他这并不是没来由地产生好奇，而是满心向往着能亲自享受他们的那种热热闹闹、自由自在的乐趣——他看见一大帮人，走在前面的男男女女，大人小孩，都是些穷困潦倒的人，乱哄哄，大呼小叫，纷纷从一条大路上过来。

“多想知道他们都是干吗的！”他不由怀着一个孩子特有的好奇心，大声嚷起来。

“您可是一国之君！”勋爵毕恭毕敬、庄重地说，“陛下可否恩准我去问问？”

“哦，太好了，办去吧！”汤姆激动地大声答道，又开心地暗自补充了一句，“真是的，当个国王并不处处枯燥乏味——有所失，也有所得。”

勋爵唤来了一名仆从，派他到警卫队长那里去传旨：

“拦住那一帮吵吵闹闹的暴民，问清他们所为何事。”

不消片刻，一队皇家卫队，钢盔铁甲，亮晃晃地从宫门出去，把那一帮人挡在了路上。有人回来通报说，那帮人是跑着去看一个男人、一个女人和一个小姑娘被执行死刑的，那三个人犯了扰乱社会秩序和破坏王国安全之罪。

死——而且是被迫去死的——硬逼着这几个不幸的人去死！这想法深深触动了汤姆的心。他不觉油然而生非常强烈的同情心，便不顾一切，没有想到那三个犯人是触犯了法律，也没有想到他们给受害者带来的痛苦和损失，他想到的只是绞架的恐怖和悬挂在罪人头上悲惨的命运。他关切之余，甚至忘了此时此刻，自己并不是货真价实的国王，只是个冒牌货而已。未及细想，他就冲口说出了：

“把他们带到这儿来！”

说完这话，他的脸孔涨得通红，嘴边几乎就要说出后悔的话，但是眼见勋爵和候在一旁的仆从，对他的命令没有丝毫惊奇的表现，便把要说的话吞了下去。那仆从唯命是从，深深一鞠躬，退出下旨去了。汤姆感到很得意，再次感到做个国王虽然要付出代价，但可换来不少好处。他暗自说道：“想来现在这种感觉似曾相识，当初我读老神甫的那些书时，常有这样的感觉，自己身为王子，对谁都可以发号施令，对谁都可以差遣他们干这干那，没人敢推三阻四，违抗我的意志。”

门被打开，进来通报的头衔一个比一个响亮，与这些头衔相符的人物先后走了进来，很快一半的接见室的空间就被这班大官贵胄和鲜衣华服占满了。但是汤姆对这帮人的到来不感兴趣，他心情激动，全神贯注在别的更有意思的事上。他端坐在宝座上，心不在焉，眼望着大门，明显地露出急切盼望的神情，而那些官员们，一见此情景，只好耐着心，不敢惊动他，彼此间便议论起了民间生活和宫廷琐事。

不一会儿，只听得有节奏的军人脚步声越来越近，三名罪犯在一个副执法官带领下，由一小队国王的卫队看押着，来到了国王跟前，那执法官跪下来谢过恩后，站起来，立在一旁。三名罪犯也跪了下去，但没有起来。卫队在汤姆坐着的椅子后面站定。汤姆好奇地仔细把罪犯打量了一番，那个男人穿的衣装和外表勾起了他的一些回忆。“过去我好像见过这个人……可是在什么时候、什么地方就是想不起来。”——汤姆想到的就是这点。那人迅速抬起头，匆匆看了汤姆一眼，又垂下了脑袋，因为他不敢正视那威严的龙颜。但是对方的这一瞥，足以使汤姆看清了他的全貌。他暗自说道：“全明白了。新年元旦，那天冷风呼啸，天寒地冻，就是把贾尔斯·威特从泰晤士河捞上来，救了他一命的那个陌生人——一个勇敢的好人，可惜干了坏事，闯了祸……我忘不了那天的事，连时间也还记得。因为事后一小时，正好钟打十一点。我刚被肯逊奶奶揍了一顿，揍得特别狠，相比之下，此前和此后发生的事，反而像受到人家的爱抚和拥抱一样亲切了。”

汤姆下旨，暂时把那女人和小姑娘带出去，接着他对那副执法官说：

“我来问你，这人犯的是什么罪？”

那小官连忙下跪，回答说：

“回皇上，他用毒药毒死一个人。”

汤姆对这罪犯原本存有恻隐之心，对他救那落水孩子的勇敢之举十分钦佩，现在一听他犯了这么一个大罪，深感震惊。

“他的案件有证据吗？”他问。

“证据确实无误，陛下。”

汤姆叹了口气，说：

“把他带下去，他这是罪有应得。真可惜，他是个勇敢的人——不，不，只能说他看起来像个勇敢的人！”

犯人突然使劲地交叉起双手，绝望地拧起来，嘴里发出断断续续的话语向国王哀求，显得十分恐惧：

“哦，国王陛下，既然您同情那个被害的人，请也可怜可怜我吧！我是无辜的——加在我头上的罪名证据不足——不过我不是为这个。既然他们已给我定了死罪，看来已无更改的可能了，可在我注定要死的时候，请皇上格外赐恩，因为我这样的死法实在叫人难以忍受。开开恩吧，开开恩吧，国王陛下！请国王陛下大发慈悲，恩准我的请求——请下旨绞死我吧！”

汤姆吃了一惊，想不到对方提出的是这样的要求。

“老天爷，这样的请求也太离奇了！难道你不是要受这样的死刑吗？”

“国王陛下，才不是呢！他们下令要把我活活煮死！”

汤姆听了这骇人听闻的回答，惊得几乎从王座上跳起来，他稍定下神来，高声说道：

“你可以如愿，可怜的人！被你毒死的哪怕有一百人之多，也不该死得这么惨。”

犯人一头叩地，连连谢恩，最后还说：

“万一您将来也遇到这样的厄运——那当然是天不许的事情，但愿人家会记起您今天对我的恩典，从而报答您的善心。”

汤姆转身对赫特福德勋爵说：

“勋爵，给这犯人所判的这样的酷刑难道是有法律根据的吗？”

“是有这样的法律，陛下——适用于下毒者。德国惩治假币制造者是让他下油锅——不是一下子把他丢进去，而是用绳子吊着他慢慢往下放，先炸他的脚，再炸大腿，然后……”

“哦，别再说了，勋爵，我可受不了啦！”汤姆两手掩面，蒙住眼睛，免得看到这惨景。“我请求你们赶快把这条法律改改——不要再让一个可怜的人受这样可怕的罪吧。”

勋爵的脸上流露出赞同的表情，因为他是个心慈面善之人——在那邪恶的时代，这样好心肠的高官也是难得一见的。

他说：

“陛下这句高贵的话从此废除了这种刑罚。您将会名留青史，流芳百世。”

副执法官正要把犯人带走，汤姆做了个“且慢”的手势，开言道：

“这个案子我要再仔细问问。这人刚才说他的案子证据还不充分，把你知道的给我说说吧。”

“既然陛下问起，那我就禀告陛下。审讯的时候，犯人招认，他走进一个叫艾林顿的小村子的一个人的家，当时里面躺着一个病人。有三个证人说那时是上午十点整，还有两个说要迟几分钟——那时只有一个病人在家，而且是睡着了。那人刚一进去，就转身出来走掉了。他走后，病人便抽起筋来，呕吐不止，不到一小时就死了。”

“有人见到他下毒了吗？找到毒药没有？”

“哎，都没有，皇上。”

“那么怎么说有人下了毒呢？”

“回皇上，大夫证明说，病人只有中了毒才会出现那种表现，才会导致死亡。”

这很能说明问题——在那个人们头脑简单的时代，这便是有力的证据了。汤姆知道有了这样的证据后果的严重性。他说：

“大夫是内行——他们说的话听来是不会错的。这案子对这可怜的人看来很不利。”

“还不止这一项，陛下，还有更多对他更不利的罪证呢。许多人证明说，过去有个巫婆——她早已离开村子，不知去向了。许多人都亲耳听她预言过，那病人日后会死于中毒的——而且是个陌生

的人下的毒。那陌生人的头发是褐色的，穿着破烂的普通衣服。这个犯人和传言说的完全相符。陛下，既然有巫婆的预言在先，证据确实无误，请圣明的皇上判定他的罪行吧。”

在那个迷信风行的时代，这样的证据算是非常有力的了。汤姆觉得可以定案了。既然证据可靠，那这可怜的人该当罪责难逃。不过他还是给他提供了一个机会，说：

“如果你还有什么可以替自己辩护的，快说出来吧。”

“我没有什么可说的，皇上。我是无辜的，可我难以说清。我没有朋友，要不就有人证明那天我压根儿就不在艾林顿村，我就可以证明那个时候自己是在离那村子三英里远的地方，在华宾老码头。皇上，我可以证明在人家说我害人命的时候，我正救别人的命呢，救一个落水的孩子……”

“别说了！执法官，你说他害人的时候是哪一天？”

“新年的元旦，差不多是上午十点钟，或十点多几分，事情是明摆着的……”

“放了犯人吧——这是国王的旨意！”

说了这句不合国王身份的话，他的脸又一次涨红了起来，于是他补充了一句，以掩饰方才的不当之言：

“单凭这些毫无根据的不实之言就绞死人实在让我气不过！”

听了这话接见室里顿时响起了赞颂之声，这倒不是因为大家对汤姆所宣布的命令赞不绝口，觉得他赦免了一个定了死罪的放毒犯做得好，敬佩他这一举动——不，大家敬佩的是汤姆所表现出的智慧和气概。就有几个人低声说了这样的话：

“这个国王可没疯——他很有脑子。”

“他的那些问题问得多么聪明——处理起这案子来出其不意，多么果断，跟他本来的天性多么像呀！”

“老天有眼，他的疯病已经好了！他不再是个小糊涂蛋，而是个有模有样的国王了，跟他的父亲一个样了。”

赞美之声不绝于耳，汤姆势必也听到一两句，结果让他变得坦然自若，也使得周围的气氛显得活跃欢快。

但是他心情愉快、轻松自如之余，更出现了年轻人所特有的好奇心：他急切想知道那女人和小姑娘到底犯的又是什么死罪。所以他又下旨，把那两个已吓得魂飞魄散、哭哭啼啼的人儿带上来。

“这两个都干了些什么？”他问执法官。

“回皇上，她俩犯的是滔天大罪，而且是证据确凿，法官按律治了她俩绞刑。两个人把自己的灵魂出卖给了魔鬼——犯的就是这罪。”

汤姆听了打个寒战。他受到的教育都认为，犯这种罪的人该受千夫所指，万众所恨。但是他并没因此而失去好奇心，想弄个明白，所以问：

“这事她们是在什么地方干的——什么时候？”

“十二月的一个深夜——在一座破教堂里，陛下。”

汤姆又是一阵冷战：“当时都有什么人在场？”

“只有她们两个，陛下——就那两个。”

“她俩都招认了吗？”

“没有，她俩都没招认——还矢口否认呢。”

“那怎么知道她俩干了这事？”

“确实有几个人亲眼看见她俩在那里走动，贤明的圣上。这就不能不让人起了疑心。后来又发现了证据证明这怀疑确实可信。尤其是，她们用学来的邪术招来了一场暴风雨，毁了邻近一带地区。足有四十人证明确实有过这么一场暴风雨。哪怕找一千个证人也不是难事，大家都遭受过这灾祸，谁也忘不了。”

“这事确实很严重，”汤姆在心里把这滔天罪行细细琢磨了一会儿后，问：

“这女人自己也遭灾了吗？”

在场的有几位老者点了点头，表示汤姆提这样一个问题确实很聪明。执法官却没有看出其间的深意，便径直答道：

“不错，她也遭了灾，陛下，就像大家说的，她这是遭了报应。她家的房子被风刮走了，她与自己的孩子落得了无家可归。”

“她大概花了大钱学得了邪法，结果也害苦了自己，太不值得了。就算她只花了一文钱，也是受骗上当了。她可是用自己的灵魂，还添上自己孩子的灵魂，难道她疯了吗？如果她是个疯子，她就不知道自己到底干了些什么，所以不能被认为是有罪了。”

老者们又一次点了点脑袋，称赞起了汤姆的聪明。有个人悄声说：“据有的人的说法，国王自己犯了疯病，按我看来，要是有些人按上帝的旨意，染上他这种疯病，他们的头脑反而不那么糊涂了。”

“那孩子多大岁数了？”汤姆问。

“九岁了，陛下。”

“按英国法律，一个孩子能跟人签订合约出卖自己吗，阁下？”他问一名博学的法官。

“按照法律，重大事件是不允许孩子参与或干涉的，贤明的皇上，因为他们稚嫩的大脑还不足以对付大人成熟的大脑想出的阴谋诡计。魔鬼可以买孩子，如果他愿意，孩子也没有意见。但是在英国行不通，因为在我们的国家这样的合同只能是废纸一张，完全无效。”

“如此说来，这是一条野蛮的法律，是违背基督精神，行不通的。剥夺了英国人的特权，反而便宜了魔鬼！”汤姆非常激动，气愤地大声说道。

这一新奇的观点听得许多人微微一笑，准备别忘了走后在宫中到处传说，说明汤姆不但脑子大有好转，而且有些想法颇有创意。

那个年长的妇人已不再哭泣，而是兴致勃勃、怀着希望听着汤姆的话。汤姆已注意到她的这一变化，他对这个处于生死关头、孤苦无助境况的人深表同情。于是他问：

“她俩是怎样招来暴风雨的？”

“脱下自己的袜子呼风唤雨的，陛下。”

汤姆惊讶之余，越发好奇了，他热切地问：

“太奇怪了！这法术随时都奏效吗？”

“随时都奏效，皇上。只要这女人想干，念些必需的咒语，无论是心里默念，还是嘴里说出，都行。”

汤姆便转身对那女人急切地说：

“作法吧——我要看一场暴风雨。”

在场的那些迷信的人脸色顿时变得一片苍白，个个都想赶快逃离现场，只是都没有说出来——对此汤姆全没在意，他的全部心思都落在由他要求得到的大灾祸上，别的全不放在心上。一见那女人惊慌犹豫的目光，他又激动地补充了一句：

“别害怕，我不会怪罪你的，而且你会因此获得自由——没人会冒犯你。作法吧。”

“哦，国王陛下，我没有什么法术——我是被冤枉而受罚的。”

“你这是心里害怕，放心好了，没人再伤害你了。招场暴风雨吧——哪怕是小小的一阵风雨也罢——我需要的只是一场小的、损害不大的暴风雨，不要有害的大风暴——开始吧，你就能保住性命了——就可以恢复自由了，带着孩子，带着国王赦令自由了，不再受到这个王国任何人的伤害和欺凌。”

那女人匍匐在地，眼泪汪汪，一口咬定自己并没有点滴施展奇迹的能耐，要不然哪怕只救孩子一命，她也会乖乖地不折不扣执行皇上的命令，以报圣恩，拼死一试的。

汤姆再次催她快动手，可她还是不改口，最后他说：

“我想，这女人说的是真话，要是换了我母亲，如果她有法术，为了救自己孩子一命，她肯定会毫不犹豫，立刻施展出呼风唤雨的魔法，把全国毁成了一片废墟！不言而喻，天下的母亲都有一样的心肠。你自由了，你这好心的妈妈——你和自己的孩子都自由了，我相信你俩都是无辜的。现在你俩已得到赦免，再也用不着害怕——脱下你的袜子吧——要是你能招来暴风雨，我就让你发财！”

那死里逃生的女人谢恩之声喊得震天响，于是她遵命脱下袜子，汤姆怀着期待的目光望着她，不过多少还是有些担心，大臣们都明显地露出了焦虑和不安。只见那女人脱掉了双脚的袜子，连小女孩的袜子也脱了，看架势她这就要引来一场大地震来报答国王的大恩大德，结果一无所获，令人大失所望。汤姆一声叹息，说：

“好人儿，你再也用不着担惊受怕了，你的法术已经跑掉了。今后你一旦恢复了魔法，别忘了我。千万给我送来一场暴风雨。”

第十六章　御膳

举行国宴的时间很快就要到了，奇怪的是，汤姆对此并没有感到有什么不安，更谈不上恐惧。上午的经历，反而增强了他的信心。这可怜的小家伙在这陌生的环境里只生活了四天，就已经非常适应，比一个成年人过了整整一个月还要适应。可见小孩子适应环境的能力往往表现得最为明显。

我们还是敦促这些显贵们快去那大宴会厅吧，看看他在这隆重的场合有什么表现——这些都是人家事先早已为他安排好的。宴会厅是个很宽敞的厅堂，立柱和墙柱金碧辉煌，墙壁和天花板绘着彩画。门口立着魁梧的卫兵，个个站得笔直，像一尊尊雕像，他们着装华丽，手持长柄的戟。宴会厅四周围着高高的回廊，里面设有乐队，还挤挤挨挨着许多男女市民，人人盛装艳服，光彩夺目。宴会厅中央有个高台，摆着汤姆的餐桌。现在且听史官有何说法：

“一名侍臣手拿权标进得厅来，与他同来的还有一人，拿着台布，两个人恭恭敬敬三跪九叩之后，拿台布的那位把台布铺上餐桌，两个人又跪拜了一次，便一起退出。随后又进来两位，一个也拿着权标，另一个拿着一只盐瓶子、一只碟子和面包。他们也和先来的那两位一样，跪拜后，把带进来的东西放上餐桌，也行了先来那两位一样的礼仪，才退了出去。最后来的是两位华装丽服的贵族，其中一位拿着一把试食餐刀。这两个人怀着深深的感恩之情跪拜一通之后，用面包和盐把餐桌擦了一遍。两个人如同面对国王，显得煞是敬畏。”

庄严的准备工作结束后，便可听到远处发出回声的回廊传来一阵号角声和隐隐约约的喊声：“闪开，皇上来了！快给圣明的皇上让路！”号角声和喊声反复响起来，越来越近，很快就到了面前。只听见喊的是：“给皇上让路！”紧接着出现了光彩夺目的队列，大家都迈着整齐的步伐走了进来。再来听听史官是如何说的：

“走在前列的是侍从们、男爵、伯爵、嘉德勋爵，个个穿戴华丽，光着脑袋。随后是大法官，左右各跟着一名随从，一个捧着国王的权杖，另一个拿着装在红剑鞘里的御剑，剑鞘上镶着金色的百合花图案，剑鞘朝上。他们的身后便是国王本人了——他一出现，十二支军号齐鸣，众鼓敲响，以表敬意，以示欢迎。待在回廊里的人也一齐起立，喊起了‘天佑我王！’国王后面跟着的是侍候国王的贵族，左右都带有警卫，即他的五十名侍从卫士，都拿着金色的战斧。”

这场面是何等辉煌，喜气洋洋。汤姆的心跳顿时加快，显得欢天喜地。他举止优雅得体，因为觉得自己没有在装模作样，面对眼前欢乐的场面和声响，他心醉神迷，所以表现得越发自然。无论是谁，只要穿上这样非常合身的衣服，而且已有些习惯，自然就不会不高雅了——尤其在他一时没有把这事看得太重的时候。汤姆记得，事先人家给过他指点，要他把插着翎毛的脑袋微微点点，便是答谢的表示，并且还要庄重地说一句：“谢谢你们，我善良的子民。”

他在餐桌前坐下，没有脱去帽子，做起来自然得体，因为戴着帽子吃饭是做国王的和肯逖家里人共同的皇家习俗。就对这习俗的熟练程度而言，这两家原也不分伯仲。接着国王的侍从队列分了开来，漂漂亮亮地排列成几组，光着脑袋站立着。

接着御前卫士们和着欢快的乐声来了。他们都是卫士中精选出来的，个个是全英国最魁梧健壮之人——不过还是再听史官的讲述吧：

“御前卫士们都光着头，穿着大红制服，制服背上绣着金色的玫瑰花。他们进进出出，来往穿梭，每次都端着一份用盖子盖着的菜肴。菜肴都由一位侍从接过去，再按递菜者的仪式把菜肴一份份放到餐桌上，然后让试食官把每份菜都分出一口，给卫士尝试，以防有毒。”

汤姆吃得津津有味，虽然他都是在众目睽睽下吞下每一口饭菜的，而那些旁观者看他吃东西的神情个个兴致勃勃，但都非常紧张，好像他吞下的是致命的炸药，眼看着就要把他炸得血肉横飞。他行事非常小心谨慎，不慌不忙，事事做到不亲力亲为，专等专司其职的官员跪着递给他。他的表现十分得体，丝毫没出差错——这是一顿非常完美、无可挑剔的御膳。

御宴结束后，他在一帮光鲜亮丽的随从们前呼后拥下出了餐厅，耳听得人们的欢声笑语，呜呜的号角声、咚咚的鼓声和震天动地的欢呼声，只觉得如果说在公众面前吃饭有什么不足之处的话，那么他一天内即使要遭受数次这样的磨难，从而摆脱国王分内那些更加为难的苦差事，他也会心甘情愿地接受。

第十七章　疯子一世

迈尔斯·亨登急匆匆向桥南端奔过去，睁大眼睛寻找要找的那几个人，盼着能赶上他们。结果他大失所望。他问了一些人，总算得到了一些线索，知道他们确实是向南去的，仅此而已，就是见不到他们的踪影，害得他不知如何是好。不过那天他还是没有放弃找寻。夜幕降临，累得他两脚酸疼，饥肠辘辘，但毫无结果。于是他在特巴客栈吃了晚饭便上床睡了，决心第二天一早就出去，把全城搜了个遍。他躺在床上寻思起来，心想：那孩子会千方百计从他那号称是他父亲的坏蛋手中逃出来的，那么他会不会回到伦敦城，找他原来住过的地方呢？不会，他不会这么做，免得再次被人抓住。那么他会怎么办呢？在遇到迈尔斯·亨登之前，他无亲无友，没人护着他，所以只要不回伦敦桥，在没有危险的情况下，他必然会来找自己这个朋友的。他会尽可能把亨登找到，这是他可行的一条路，因为他知道亨登要回自己的老家，在他的家乡就有可能找到亨登。是的，亨登觉得情况明摆着是这样，他不能再在桥南地区徒费时间，务必立刻去肯特郡，回僧人洲，一路上到森林中找人打探。现在且转而说说那失踪的小国王吧。

那茶房说，他看见那坏蛋在伦敦桥就要与那小伙子和国王“在一起”了，但他说得并不确切，那坏蛋只是紧跟在他俩后面几步远的地方。他一声不吭，他的左手用一根带子吊着，左眼戴着一只绿色的大眼罩。走起路来微微有点跛，拄着一根橡木棍子。那小伙子领着国王过了南市，经过一段曲里拐弯的路，很快就到了郊外的大道。国王一见这情景就来气了，说是他不想往前走了——应该让亨登过来见他才是，而不该让他去见亨登。他实在受不了这样傲慢无礼地对待自己。他就是不愿再走了。那小伙子说：

“你的朋友受伤躺在那边林子里，你能在这里等着他来吗？得了，你看着办吧。”

国王一听，立刻改变了主意，大声说道：

“他受伤了？谁敢伤了他？先不管这个，领着我过去，领着我过去见他！快，小子！你这样慢吞吞的，脚上绑着铅块儿吗？他受伤了？打他的即使是公爵的儿子，我也饶不了他！”

林子离这儿还有一段距离，但很快就到了，那小伙子打量了四周，发现地上插着一根粗树枝，树枝上绑着一块破布片，他便顺着树枝指引的方向进了林子，一路上不停地找起另外一些类似的树枝。这些树枝显然是指路的标志，引他们到要去的地方。慢慢地两个人到了一块空旷的地方，那里有一处显然是被烧过的房子的遗址，附近还有一座谷仓，已经倒塌，显得十分破败。到处见不到人迹，四周静悄悄的。那小伙子进了谷仓，国王紧跟着他。里面也见不到人影！国王对他投过惊讶和怀疑的目光，问：

“他在哪里？”

对方只嘲弄地哈哈一笑。国王顿时勃然大怒，拿起一段木条，正要朝小伙子打过去，这时候他的耳边又响起了哈哈笑声，那是那跛脚的坏蛋发出来的。他其实一直跟在他俩的身后，只保持一段距离。国王转过身去，恨恨地说：

“你是哪个？来这里干吗？”

“别犯傻了，”那人说，“别激动，我虽然伪装得不到家，你总不能装得认不出自己的老爹吧。”

“你不是我的爸爸。我不认识你。我是国王。如果我的仆从是你藏起来的，快把他给我找来，要不然你会为了自己干的坏事吃苦头的。”

约翰·肯逖不紧不慢恶狠狠地回答说：

“你明摆着疯了。我不想亏待你。要是你惹我生气，看我不狠狠收拾你一顿。你在这儿胡说八道倒不碍事，反正没人听见，不过你还是管牢自己的嘴巴为好，免得换了个地方，你胡说一气，就要遭殃了。我杀了人，在家里待不下去了，你也一样，因为我需要你做个帮手。我已改了名，这办法好。现在我叫霍布斯——约翰·霍布斯。你叫杰克——好好儿给我记住。好了，你说，你娘现在在哪儿？你的两个姐姐呢？她们仨没到说好会齐的地方——你知道她们哪儿去了吗？”

国王绷着脸，说：

“别拿这些莫名其妙的事来烦我。我的母亲已经死了。我的姐妹都在宫里。”

站在一旁的小伙子听了发出一阵嘲弄的笑声。国王正要过去揍他，可肯逖——现在自称霍布斯的拦住他，说：

“别笑了，雨果，别去惹他。他的脑子坏了，你这样要惹他生气的。你坐下，杰克，冷静点儿。过会儿我给你做点吃的。”

霍布斯和雨果躺下来，低声交谈起来。国王设法离这两个讨厌的伙伴尽可能远点儿。他躲到谷仓的另一头昏暗的地方，那里一块泥地上铺着一英尺来厚的干草，他躺了下去，把干草权当作毯子，盖在身上，思量了起来。他有许许多多伤心事，但别的都算是小事，可以丢在一边，让他念念不忘、最重大的不幸就是他已失去父王。在世界上别的人心目中，亨利八世的名字听了令人胆战心惊，像个恶魔，他鼻子呼出的是致人毁灭的毒气，他的双手专干惩罚人和杀人的勾当。但是这孩子听了这名字只觉得亲切悦耳，那形象充满了柔情和慈爱。他回想起来自己与父亲之间的种种爱意，萦绕心头，久久不能忘怀，想起来就泪水涟涟，足以说明他的痛苦是多么深沉，爱意又是多么真切。白昼将尽，这孩子因悲伤和困倦，渐渐坠入平和而恬静的梦乡之中。

过了相当一段时间——他也说不准有多长——他的意识蒙蒙眬眬，闭着眼睛躺着，恍惚间弄不清自己待在什么地方，都发生了什么事。他听到一阵阵滴滴答答声，是雨点落在房顶上发出的凄凉声。浑身透过一阵舒适感，但又被尖细的嬉笑声和粗鲁的笑声打断。他厌恶地跳起身来，揭开蒙在头上的干草，探看这打扰他的声音是从哪里来的。他看见眼前是一个可怕而丑恶的景象。谷仓另一端泥地中央燃着一堆明晃晃的火，火堆四周，围着一群男男女女下贱之人，个个破衣烂衫、乱七八糟，有的靠着，有的趴着，通红的火光下显得奇里古怪，这景象他只有书中或梦里见过。人群中有几个身材高大壮实的男人，皮肤经风吹日晒黑黝黝的，披着长发，穿着怪里怪气的破衣。也有几个年轻人，身材中等，长相粗野，穿着类似的衣衫。此外有瞎眼的乞丐，戴着眼罩，或扎着绷带；有瘸腿的，装着木腿，或拄着丁字杖；有个凶神恶煞般的小贩，随身带一包贩卖的货物；有一名磨刀匠，一个补锅匠，一个剃头匠兼外科郎中，他们各带着自己干活的用具。女人中有一些还是没有发育完成的黄花闺女，有一些正在青春期，还有一些已年老色衰，满脸皱纹的母夜叉。他们个个嗓子粗，脸皮厚，下流话不离口。他们都油污满身，肮脏不堪。还有三个脸上长疮的小娃娃，两条饿得皮包骨头的贱狗，脖子套着绳子，都是给瞎子领路的。

黑夜来临，这伙人刚大吃大喝一顿，便开始寻欢作乐起来，酒瓶你来我往，你一口我一口，不亦乐乎。随后大伙齐声嚷了起来：

“唱个歌！从贝特开始，到迪克·道特，一个个唱下去！”

有个瞎子站起来，揭掉蒙在那双视力极好的眼睛上的眼罩，丢掉那诉说他苦难因由的牌子。瘸子迪克卸掉身上那副累赘的木腿子，用一对完好健康的双脚走到那帮坏蛋的身旁，一帮人嘻嘻哈哈唱起了小曲，唱到最后部分，声音很高，唱到最后一节，大家醉醺醺的，嗓音扯到顶峰。于是大家都跟着唱起来，声震屋宇。那一段感人的歌词是：

再见了，好酒、娘们和酒馆，
好汉这就要出发，
伦敦城外的绞刑架，
好汉踏上了不归路，
娘儿们快出来瞧瞧吧，
绞刑架上打秋千的好汉，
是他们偷了你们的东西！

接着大伙交谈起来，用的不是歌里的那些黑话——只有担心被外人听去，他们才用黑话的。听起来“约翰·霍布斯”并不是个生手，他早已入伙，受过很好的训练。大家叫他说说近来的经历，他说他偶然失手打死过一个人，大家听了对他都挺满意。他还补充说，被他打死的是个神甫，大家便为他鼓掌喝彩，还陪着每个人都喝了一口酒。老相识们都高高兴兴对他表示欢迎，新来者纷纷跟他握手，为他感到骄傲。有人问他“这几个月怎么不见他回去”，他说：

“伦敦比乡下要好，近几年法律变得更严厉，执行起来也更认真。要不是出了这档儿子事，我就一直待在城里不出来了。我下定过决心永远待下去，不回乡下了——可出了事后，伦敦待不下去了。”

他问，现在这帮人已经有多少了，这帮贼的“老大”回答说：

“二十五个，都是好汉子，有溜门撬锁的，玩双人跳的，扒口袋的，玩命的，算命看相的，有要饭的、有流浪的，连当保姆的婆娘和别的娘们都计算在内，有二十五个了。冬天里，一半都在这里，其余的往东边走。天一亮咱们就跟上去。”

“我在这里一帮老老实实的父老乡亲中怎么没见着‘大块头’，他上哪儿去了？”

“可怜的家伙，如今他只能啃泥土了，他的胃口实在太大，夏天时在某个地方跟人吵嘴，被人打死了。”

“听了真叫我伤心。‘大块头’可是个能干的人，胆量也大。”

“可不是，他是这样的人。他的闺女黑贝丝，现在跟我们混在一起。这会儿不在这里，闯到东边去了，长得挺标致，对人也厚道，难得见到她喝酒，一个礼拜七天里顶多只喝四次。”

“确实是个规规矩矩的丫头——我记得很清楚，还是个标致的妞儿，怎么夸也不过分。她的娘有点儿放荡，没什么可夸的。爱惹祸，长得丑，脾气坏，可脑子特别灵。”

“就因为这个才断送了一条小命。她会看手相，懂得种种算命术——后来出了名，得了个‘巫婆’的名号，被官家逮了去，在火中慢慢烤死。见她临死时表现出的那勇敢劲，真叫人感动，不由生出一片怜意来。火苗往上蹿，烧到了她的脸，烧得她满头白发噼啪响，她对周围看热闹的人又是咒又是骂的——我是说她咒骂人吗——是的。是咒骂他们！你哪怕能活上一千年，也听不到她那骂法，真叫骂绝了。哎，她的这谩骂的绝招算是跟着她死去绝种了。虽然也有人能模仿她的骂法，但只学到皮毛，谁也得不到她的真传了。”

“老大”叹了口气，听的人也唉声叹气，表示同情。一时间大家都垂头丧气，因为即使像这些硬心肠的流浪者也不失同情心。他们偶尔在特殊的情况下，对人间的痛苦和不幸并非完全麻木不仁，譬如这一次，面对智者和圣者逝去而后继无人，也不免露出稍纵即逝的伤怀。但是经不住醉酒和狂饮，这些伤心人又来了劲头。

“咱们这些伙计中，还有谁遭难的吗？”霍布斯问。

“是有几个，特别是新来的。譬如说有些小农户，他们的土地被人家圈了去，变成了养羊的草地，没了生路，忍饥挨饿，便外出沿门求乞，有的被绑在大车后面，光着上身，挨鞭子，被打得头破血流，然后套上了脚枷再打，没法子又去要饭，又挨鞭子，被割去一只耳朵，第三次去要饭——可怜的倒霉鬼，你叫他怎么办？也有人被人用火红的烙铁在他脸上烙上记号，最后被卖了当奴隶。有逃跑出来，又被抓回去，活活被吊死的。我只简单说说，说得也快。我们这伙人倒没有像他们那样倒运。我说，约凯尔、彭斯、霍奇，你们几个过来，亮亮自己身上那些纪念品！”

那几个人站了起来，把身上的破衣烂衫脱了下来，露出背脊，只见背脊上那一条条横七竖八鞭子留下的伤痕。其中有一位，撩开头发，只见原来是左耳的地方，已空空的了，还有一个人肩上露出一个烙印——那是个字母“V”，一只耳朵也是残缺不全的。第三个人说：

“我叫约凯尔。我是庄稼人，家境原来还挺不错的，有个贤惠的妻子，几个孩子——如今我一无家产，干的也是别的勾当了。没了妻子和孩子，他们也许已上天堂，也许在……在别的地方——谢天谢地，反正已不在人间了！我那好心、清白的老娘靠侍候病人混口饭吃。可其中有个病人连大夫也不知道他是怎么死的，倒怪罪起她老人家来了，说她是巫婆，活活地把她烧死。我的几个孩子就一边看着，呼天抢地地号啕大哭。这就是咱们英国的法律！——起来，大伙全站起来，拿起酒杯！齐声欢呼一阵！就为了这仁慈的英国法律干它一杯，感谢它把我娘从这英国地狱里救出来！谢谢你们，我的伙计，谢谢大家伙儿！我和妻子挨家挨户要饭——带着挨饿的孩子去要饭。可在英国挨饿也是有罪的，他们便扒掉我们的衣服，拿鞭子抽我们，在三个镇子里游街。大家伙儿再为仁慈的英国法律干上一杯！感谢这法律的鞭子喝饱了我的玛丽的血，感谢它好心很快就让她脱离了这个地狱。她就埋在那边的烂地里，再也不会有人伤害她了。那么那几个孩子呢？就在我在城里游街挨鞭子的时候，他们饿死了。再喝口酒吧，伙计们——只喝一口。就为我那几个可怜的孩子喝一口，他们可从来没伤害过谁呀。后来我又去要饭了——只要丁点儿面包皮，就被绑在树桩上，割去了一只耳朵。瞧这儿还留着疤子，我又去要饭，另一只耳朵也留下伤疤子，算是给我留了个念想。我还是去要饭，最后被卖了当奴隶去。我要是把脸洗得干干净净，就看得出那儿有个字母'S'，是烙铁烙下的。奴隶！你们知道这意味着什么吗？奴隶，英国的奴隶，你们面前站着的就是个奴隶。我从奴隶主那儿逃出来，又被抓回去——英国定出来的这法律真该遭天打雷劈！我要被绞死的。”

在那阴沉沉的地方响起了清脆响亮的声音：

“你不会被绞死的！这一条法律终结的日子很快就到了！”

大家都转过身去，只见小国王那古里古怪的身影急匆匆地走过来。他到了亮处，那模糊的身影清清楚楚地显露了出来，大家齐声问：

“他是哪个？他是哪个？你是干什么的，小猴子？”

这孩子在众人惊奇而疑惑的目光逼视下，显得十分从容，不慌不忙、威严地答道：

“我是英国国王爱德华。”

听了这话，顿时惹起了一阵哄堂大笑，有人在嘲笑他，也有人觉得他这玩笑太逗人了。国王被惹恼了，便厉声道：

“你们这帮无礼的流浪汉，你们就是这样感谢寡人恩准的恩典吗？”

他还用气愤的口吻、激动的手势，说了别的话，但都被震耳欲聋的嘲笑声和揶揄声淹没了，“约翰·霍布斯”扯起喉咙想把这片喧哗声压下去，努力了好几次，终于好开口说清话了：

“伙计们，他是我儿子，一个爱说梦话的人，一个傻瓜，货真价实的疯子，别理会他——他把自己看作国王哩。”

“我就是国王，”爱德华转身对他说，“总有一天你们就知道我是谁了，到时候要付出代价的。你承认了自己杀了人，就该为此而上绞架。”

“你要出卖我——你？看我不抓住你……”

“啧！啧！”那丐帮“老大”及时前来救驾，说着，伸出手，一拳把霍布斯打倒在地，“你对国王和丐帮老大不尊重吗？要是你再不把我放在眼里，看我不亲手活活吊死你。”接着他对皇上说，“孩子，你不能吓唬自己的伙计，你得管好自己的嘴巴，不要到处说他们的不是。要是你脑子糊涂，愿做国王，可别招来祸事。快抛掉刚才说的那顶大帽子，那犯的是弥天大罪。我们虽都是坏人，但犯的都是小罪，没哪个人坏到背叛起皇上来。对于皇上我们可都是忠心耿耿，万分爱戴的。听好了，我说的都是真心话。好了，大家伙都齐声喊起来：‘英国国王爱德华万岁！’”

“英国国王爱德华万岁！”

呼应的欢呼声从这群形形色色的人群中雷鸣般响起来，震得这原本东倒西斜的房子摇摇晃晃起来。小国王兴奋得满脸红光夺目，微微点了点头，庄严地而质朴地说：

“谢谢你们，朕的好子民。”

想不到他居然说出这样的话，逗得大家笑得直不起腰来。后来慢慢地又安静下来，丐帮老大坚定而好心好意地说道：

“再别玩这一套了，孩子，你太不聪明，是要坏事的。要是你想开心，那得给自己换个头衔。”

补锅匠便尖声提出建议：

“就称是傻子王国‘疯子一世’得了。”

这一头衔立即被大家接受，众人都扯起嗓子齐声呼喊起来：

“傻子王国‘疯子一世’万岁！”紧跟着是一片尖声怪叫、喝倒彩声、嘲笑声，乱哄哄嚷成一团。

“拉他前来，给他戴上王冠！”

“给他穿上龙袍！”

“给他权杖！”

“让他登上王位！”

很快又响起另外二十多人的喊声。没等可怜的小国王喘口气，头上就被按上洋铁皮的盆子，身上被披上破毯子，拥着他坐到一只木桶上，把补锅匠用的焊棒塞给他当权杖，给他装扮整齐后，大家伙儿全都跑上前去，在他跟前跪了下去，齐声发出嘻嘻哈哈不正经的嘲弄笑声来，嬉皮笑脸地哀求着，拿自己破破烂烂、污迹斑斑的袖管和前襟拭着眼睛：

“仁慈的皇上，可怜可怜我们吧！”

“可怜可怜向你求情的可怜虫吧，高贵的皇上！”

“可怜你的奴隶吧，赐他们几脚，宽宽他们的心吧！”

“请圣上开恩，把您仁慈的阳光照到我们身上，让我们开开心，暖和暖和吧！”

“请用您的脚跺跺地面，让它变得圣洁起来，好让我们啃它，让自己变得高贵起来！”

“请您啐我们一口，皇上，好让我们的子子孙孙能讲述您曾圣驾降临，好让他们永远沾沾光，有自豪的资本！”

但是那天傍晚表演得最精彩的数那幽默的补锅匠。只见他在王子面前跪了下去，装作要亲吻他的脚，结果被他恼怒得踢了一脚，于是他到处找碎布片，贴到脸上被踢过的地方，说是这样就能永久保存下去，不受脏空气污染了，到时候他要到通衢大道上露给大家看，看一眼就收一百先令，他就发大财了。他演得滑稽极了，

成了那伙人中最受敬慕的角色。

羞辱和气愤的泪水从这小君王的眼里滚滚而下，他心想：“要是我大大委屈了他们，他们也不能这么狠心对待我。可是我答应过给他们施恩的，丝毫没亏待过他们——他们怎么会以怨报德呢？”

第十八章　王子落入流浪汉手中

一帮流浪汉黎明时分起来，外出了。天阴沉沉的，满地是泥泞，刮着刺骨的寒风。大伙都没了高兴劲儿。有的板着脸，一声不吭，有的满肚皮的冤屈，怒气冲冲，再也见不到喜气洋洋的面孔，人人都觉得口干舌燥。

丐帮的老大对雨果稍作交代，把“杰克”交给他来照料，命令约翰·肯逖离这孩子远点儿，别去烦他。他还警告雨果对这孩子好点儿。

不久，天气转好，有些地方的云层散了些，那帮人不再感到冷瑟瑟的，情绪开始好转，开心了许多，后来竟打打闹闹，戏弄起了过路的行人。这表明他们已从烦闷中清醒过来，对生活充满了向往，再次变得快活起来。路过的人见了他们都纷纷给他们让路，足见大家都害怕这帮人，对他们的污言秽语都不敢吱声，避之唯恐不及。他们有时顺手牵羊，拿走人家晒在篱笆上的麻布衣物，而且还是当着物主的面拿的，物主还不敢反抗，反倒感激他们没连篱笆也搬走。

不久，他们闯进了一个小农家，显得很放肆，要那吓得哆哆嗦嗦的房主和家里人把家里吃的东西全拿出来供他们消受。趁那主妇和几个女儿拿着食物递给他们的时候，对她们动手动脚，摸她们的下巴，开粗野的玩笑，给她们取侮辱性的绰号，发出刺耳的哈哈笑声。他们对房主和他的几个儿子扔肉骨头和蔬菜，吓得他们东闪西躲，一旦被打中了，这帮人就捧腹大笑，连连喝彩。最后闹得他们在这家人的一个女儿头上抹奶油，那姑娘对这番戏弄忍无可忍，大发雷霆，他们这才罢休。临走时他们还威胁说，要是这农家胆敢去报官，他们还要回来，一把火烧了这房子。

过了正午，经过长时间累人的步行后，这帮人在一个规模挺大的村子外一道篱笆后面停下来休息。大家休息了一个小时，然后就向各处分散开来，从不同地点进入村子，各自施展自己的绝招。“杰克”被派和雨果同行。两个人东张西望一阵后，雨果正瞅准机会，准备发一把，结果什么也没捞着，最后他说：

“我看来这里偷是白费劲了，这是个挺棘手的地方。不如去向他们要点吧。”

“我们两个？瞧你说的！你干你的老本行——我可不去乞讨。”

“不去乞讨？”雨果惊讶地盯着国王，大声说，“请问，你从什么时候起不干乞讨了？”

“你这是什么意思？”

“什么意思？你这辈子就没在伦敦大街上乞讨过？”

“我？你这傻瓜蛋！”

“少来这一套，以后有你说这话的时候。你爹说你成天都在乞讨。兴许是他说谎，兴许是你大着胆说他撒谎。”雨果调侃道。

“是你管他叫我父亲的那个家伙？不错，他是撒谎。”

“得了，别再耍你那套可笑的装疯卖傻的把戏了，伙计。要玩自己玩去，别惹祸就是了。要是我把你这话告诉他，非要你吃不了兜着走不可。”

“用不着你费心，我自己会跟他说的。”

“我喜欢你这性子，说实在我还真喜欢哩。可你那套说法我不欣赏。咱们过的日子不愁没挨揍挨骂的机会，这些个机会都会不请自来的，能免就免了的好。我相信你爹的话。我相信他不会不撒点谎。我相信他有时也会撒点谎，因为我们这些人中最棒的人也会撒谎。只是这种事用不着撒谎。聪明人是不会无缘无故撒谎的，这没有丁点儿好处。得了，既然你不想去行乞，那咱们能干什么呢？去抢厨房？”

国王不耐烦地说：

“别再说傻话了——我烦着呢。”

雨果顶起了嘴：

“听着，伙计。你不想行乞，不想抢，好吧。可我要告诉你，你该干吗。在我求乞的时候，你就做个托儿。要是连这个也不干，看你有没有这个胆了。”

国王正要不屑地加以拒绝，雨果没让他开口：

“别说话！有人来了，看样子挺面善的。我这就装病倒下去。在他朝我跑过来的时候，你号啕大哭起来，跪下去，哭哭啼啼的，然后哭天抹地起来，好像满身都被倒霉鬼缠上了，对他说：‘先生，他是我多灾多难的哥哥，我俩无亲无故。请你看在上帝的份上，大发慈悲，瞧一眼我这无依无靠、患病的苦命人吧。从你那鼓囊囊的钱夹子抽一两便士施舍给这受上帝惩罚、快要断气的人儿吧。’你得记住，要哭哭啼啼个不停，他不把钱掏出来，你就不停嘴。要不有你好瞧的。”

雨果说罢立马哼哼唧唧、痛苦呻吟起来，同时眼珠子直转，身子晃晃悠悠。一见陌生人走近，他扑通一声扑倒在地，尖声怪叫，在地上翻来滚去，装得痛苦极了。

“哦，天哪，天哪，”那好心的陌生人叫嚷了起来，“哦，可怜的人儿，可怜的人儿，他多痛苦！让我来扶你起来。”

“哦，高贵的先生，你别扶。你这样一位高贵的先生上帝会保佑你的——我的病一发作，就不能碰，一碰就痛得要命。我的弟弟会告诉你，我这病一发作，受的什么样的罪。一便士，先生，只要给一便士买点吃的，就没事了。别的你不用操心。让我自己受罪吧。”

“一便士，不，我给三便士吧，你这不走运的家伙。”他说罢手哆哆嗦嗦，急切地在口袋里摸索起来，掏出三枚便士，“拿着，可怜的孩子。我非常高兴帮这个忙。你过来，好孩子，帮我把你患病的哥哥送回你们的家，你们住在哪……”

“我不是他弟弟。”国王打断他的话，抢着说。

“什么？不是他弟弟？”

“哦，你听他说什么来着？”雨果边呻吟，边气得咬牙切齿，“他居然不承认自己的亲兄弟——眼看着他一只脚已踏进坟墓的时候！”

“孩子，如果他是你的哥哥，你的心肠也太硬了。多丢人！再说他手脚都不能动弹。如果他不是你哥哥，那他是谁呢？”

“要饭的，也是个小偷！他拿了你的钱，等于扒了你的口袋。要是你想创造个奇迹，治好他的病，那就在他的肩上狠狠揍他一棍，剩下的让上天办吧。”

可雨果不想等奇迹来治他，自个儿站起来，一阵风似的跑掉了。那老先生紧跟其后，扯着嗓子边跑边喊捉贼。国王庆幸老天有眼，让自己脱险，拼命朝反方向跑去，直到脱离了危险，才停了下来。他首先到了一条大道，径直往前奔去，很快那村子就远远地被他甩到了身后。他使出浑身的解数，不停地跑呀跑呀，跑了好几小时，还不时回头探看，有没有人追来。最后，他终于放心了，谢天谢地，到底安全无疑了。到了这时候，他才有了饥饿感，同时觉得非常累。于是在一家农舍前停了下来。他那一身衣服害苦了他。

他继续往前走，感到深受委屈和气愤，决心不再如此受人亏待了。但是饥肠辘辘，顾不得什么自尊心了，所以黄昏快到时，他打算再找个农家试试运气。但是这次更倒运，被人骂了一顿，还说要把他抓起来，他只好赶快逃之夭夭。

黑夜到了。寒风飕飕，阴云低沉。皇上的双脚酸痛，但还是艰

难地慢慢往前走去。他不得不向前去，因为每次只要坐下喘口气，就觉得寒气刺骨。夜色黑沉沉的，眼前是空荡荡、凄凉无边的荒野，这一路的经历和感觉在他是何等的新奇而陌生。他时不时听到附近有种种声音响起，匆匆过去，渐渐变小，终于悄无声息。他不知道这些声响是什么东西发出来的，见不到它们的真容，只看见无形无体、模模糊糊的影子，飘飘忽忽，如鬼似怪，吓得他浑身哆嗦。他偶尔见到一丝亮光闪过——远远的，分明来自另一个世界。如果说他也听到羊的叫声，那也是非常模糊不清，来自很远的地方。夜风吹来，送来一声声隐隐约约牛的哞哞声，渐去渐轻，令人顿生凄凉之感。那隐而不见、无边的原野和森林上空时不时响起狗的怨恨的吠声。种种声音都十分遥远。害得小国王只感到天地万物都远远离他而去，在这无边无涯、孤独冷僻的地方，只留下他孤零零一人，无依无靠，无亲无故。

他深一脚浅一脚艰难向前。这一新的经历中处处显得何等的阴森恐怖，偶尔有枯枝败叶从头上轻轻落下，发出的瑟瑟声，听来像是有人在轻声细语。后来他看见近处出现洋铁灯发出斑斑驳驳的亮光，他忙躲到暗处等着。洋铁灯就放在一个牲口棚的门旁，门开着。国王等了一会儿，听不到任何声响，也见不到有人走动。他感到浑身冰冷，呆呆地站着一动不动。而这令人亲切的牲口棚太诱人了，于是他当机立断，决心不顾一切，冒险进去。他加快脚步，悄悄地走了过去。但是他刚跨过门槛，就听见身后有人说话声，他赶紧躲到棚内的一只大桶后面，弯下了腰。进来两名这农家的雇工，边干活边说话。那两个雇工提着灯四处走动，国王睁着眼睛仔细看起来，发现牲口棚的另一头有个规模不小的牛栏，摸清了牛栏的正确方位，等到那两个人走后，自己摸黑过去。他还注意到半路上堆着几条马毯，正好“征用”来供英国国王暂用一晚。

不久，那两个人干完了活，走掉了。临走时随手锁上了门，带着灯离开了。冷得瑟瑟发抖的国王直向那马毯而去，黑暗中他还是尽量加快脚步。拿来毯子后小心翼翼地向牛栏摸索过去。他用两条毯子铺在地上当床睡，剩下的两条当被子盖。虽说马毯又旧又单薄，睡起来不够暖和，但咱们的国王还是喜滋滋的。毯子还散发出一股刺鼻的马臭味，熏得他几乎喘不过气来。

国王已落到了饥寒交迫的境地，而且已精疲力竭，困得要命，也顾不得填饱肚皮，很快就打起盹来，进入了昏昏沉沉的状态。就在完全失去意识的当儿，他清楚地感到有什么东西碰了碰他，他立刻惊醒了过来，吓得直喘粗气。黑暗中被一个神秘的东西这么一碰，惊出了他一身冷汗，几乎让他的心脏停止了跳动。他一动不动躺着，大气也不敢出，听了起来。可不见有什么动静，四周静悄悄的。他继续听起来，等着等着，好像等了很久，但周围还是见不到有动静，听不见什么声响。最后还是再次打起了瞌睡。突然他觉得那神秘的东西又来碰他了！被这个隐而不见、无声无息的东西轻轻地那么一碰，那才叫恐怖哩。吓得这孩子疑神疑鬼了起来。他该如何是好？他实在拿不定主意。他不知道如何来对付。他是不是该离开这还算舒适的地方，摆脱这不可思议的恐怖呢？可是他能逃到哪儿去呢？现在他被关在棚子里，门被反锁着，根本出不去。黑咕隆咚中，别想东闯西撞，自己又是被关在四堵墙内，身后紧跟着一个幽灵，随时会鬼鬼祟祟来轻轻碰他的脸和肩膀，这实在太恐怖了。可是整整一夜，就这么待着不动，活活等死——可又能到哪里去？那该怎么办？还有活路吗？对了，只能这么办，他知道这才是上策——他务必伸出手，把那东西找出来！

这么想并不难，但要鼓起勇气去做就不容易了。先后三次他战战兢兢摸黑稍稍伸出手去，都上气不接下气猛地缩了回来——倒不是他已碰到了什么，而是因为他觉得会碰到什么。到了第四次，他把手稍稍伸远点儿，这次他轻轻地摸到了一件软绵绵、暖和和的东西。这一摸差点把他吓呆了——当时在他的想象中以为自己摸到的准是具刚死去、还有点儿热气的尸体。他情愿死了也不想再碰那东西了。可他想错了，因为他毕竟不懂得，人永远都具好奇心的。所以过不了多久，他又哆哆嗦嗦伸出手去摸索了起来——这么做到底违反他自己的判断，违反了他的意愿——但他还是继续摸索下去。摸着摸着，他触碰到了一簇老长老长的毛发，吓了他一跳。但他还是往上摸过去，摸到的仿佛是一根暖和和的粗绳子。再从这绳子往上摸，结果发现他摸到的是一头温顺的牛犊。那绳子压根儿不是绳子，而是牛犊的尾巴。

好个国王，为了头睡梦中的牛犊这么渺小的东西吓得自己丧魂失魄，吃了这么大的苦头，只觉得羞愧难当，无地自容。说来他不必为此而羞愧，因为引起他恐怖的其实并不是小牛犊，而是他把牛犊当成了件并不存在的可怕的东西了。在那个迷信横行的古老时代，换了别的小孩，也会做出像他那样的行动，吓破胆的。

这下可把国王高兴坏了，因为他不但发现那只是一头牛犊，而且从此自己也有了伴儿。此前他一直觉得自己孤零零的，缺朋少友，现在有了这么一个哪怕很低贱的畜生跟自己为伴，也是件庆幸的事。他曾吃过同类多少苦，遭过他们多少无情的折磨，如今身旁总算有个动物朋友，它虽然缺乏所谓高贵的品质，至少有颗温柔的心，有种仁慈的精神，这对他来说无疑是很大的安慰。于是他决定放下万民之尊的身份，与这牛犊为友。

小国王摸着牛犊润滑、温暖的脊背——小牛犊离他很近，伸手可及——心想，这牛犊的好处还有好多哩。首先他重整自己的床铺，把床铺移到牛犊身旁，接着他把自己的身子紧贴牛背，把马毯盖在自己和牛犊的身上，不到一两分钟他就觉得像睡在威斯敏斯特王宫羽毛睡榻上那样暖和舒适了。

很快他又有了喜气洋洋的感觉。生活显得更有意思了。现在他已挣脱了被奴役和犯罪的锁链，不再干那些下流、野蛮的勾当。他浑身暖和和的，有存身之处，总之，他快乐无比。夜来风刮得更猛了，更狂暴了，呼呼地把牲口棚刮得摇摇晃晃起来，发出叽叽嘎嘎声，后来慢慢地平息下去，角角落落和梁架等接缝处直响着低沉凄凉的声响——但在国王听来宛如悦耳的乐声，他心满意足，浑身舒畅。管它风暴雨狂，管它衣破被薄，管它乒乓声震耳欲聋，呻吟声、哭诉声不绝于耳，他充耳不闻，自得其乐。他紧紧依偎着自己的朋友，陶醉于暖和和自足之中，逍遥于意识之外，沉醉在无梦的甜睡中，无限的安详和宁静。远处狗声阵阵，哀怨凄楚，夜风还在施虐，屋顶上噼噼啪啪的雨声不辍，但是英国的君王酣睡不醒，小牛犊也照睡不误，它毕竟是只平庸的畜生，不管是暴风骤雨，也不管是伴着君王而卧，它照例临危坦然，处变不惊。

第十九章　国王在农家

大清早，国王一觉醒来，发现一只湿漉漉而很有主见的耗子夜里爬到这里来，把他的胸口当床，舒舒服服地睡在那儿。受到了惊扰后，它便逃之夭夭。小孩子一见这情景不禁微微一笑，说道："可怜的傻瓜，干吗那么害怕呢？我也跟你一样，是个倒霉蛋。我是不会去伤害像我自己一样的无助者的，那有多可耻。而且我还要谢谢你给我带来好兆头呢。连国王都沦落到这等地步，耗子也在他身上做窝，明摆着他要时来运转，因为他已倒运到头了。"

他站了起来，出了牛栏，就在这时候他听到有几个小孩子的声音。牲口棚的门开了，进来两个小女孩。她俩一见到他，即刻不笑也不说话，停住脚步，站在那儿一动不动，吃惊地呆望着他。紧接着两个人悄悄地交头接耳了一阵，靠近他，又一动不动站下，又盯着他一阵交头接耳。后来她俩大着胆大声议论起他。一个说：

"他的脸蛋挺漂亮的。"

另一个加了一句：

"头发也挺漂亮。"

"可衣服破破烂烂的。"

"瞧他那模样准饿坏了。"

两个人离他更近，羞答答地围着他打转，前前后后盯着他看，好像在打量一头新奇的畜生。不过她俩的举动显得小心翼翼，警惕性很高，像是有点担心他是某种动物，随时会来咬她俩似的。最后两个人在他跟前站下来，手拉着手，做好了防护的准备，两双纯真无邪的眼睛认认真真仔细地盯着他。接着其中一位鼓起最大的勇气，真诚坦率地问：

“你是哪个，孩子？”

“我是国王。”他勇敢地答道。

两个小姑娘吃了一惊，眼睛睁得大大的，一言不发，足足持续了半分钟。出于好奇，她还是开了口：

“国王？什么国王？”

“英国国王。”

两个小姑娘听了面面相觑——又望了望他——然后又相互对望了一阵——显得又惊又奇，其中一位说：

“你听他说什么来着，马杰里？他说自己是国王哩。真的吗？”

“哪会是真的，普里西？他是在撒谎吧？你瞧，普里西，要是他说的不是真话，那准是在撒谎。准是撒谎。你想想，凡是靠不住的话都是谎言——没说的，准是这样。”

这话说对了，有理有据，滴水不漏，说得原本半信半疑的普里西再也无话可说了，便用一句简单的话，要他说出实话来：

“你要是真的是国王，我就信你。”

“我真的是国王。”

难题就这样解决了。国王的身份再也没人追问，也没人跟他争论，就这样被接受下来。接着两个小姑娘问他怎么会到这儿来的，他怎么会穿得丁点儿不像个国王，他打算要去哪里，等等有关他的事。他巴不得找个人把自己遭遇到的种种不幸一五一十说出来，而不遭人嘲笑，不被怀疑，这也算是件痛快的事，所以说起来激情洋溢，甚至一时忘了自己已饥肠辘辘的了。两位好心的小姑娘听了都表示出深深的同情和关切。听他说到了自己最近的一段遭遇，听他说到好久没吃过东西，她俩便不让他说下去，请他赶快跟自己到家里去，找点吃的。

这下国王别提有多高兴，多快乐了。他心想："当我恢复了王位，我要永远善待小孩子，不忘记她俩在我遭难的时候，这么相信我，信任我，而那些大人，自以为更聪明，反而嘲笑我，硬说我撒谎。"

这两个孩子的妈妈好心好意地接待了国王，对他满怀怜惜。他漂泊无依的境况和错乱的神经感动了她那颗慈母的心。她是位寡妇，家里一贫如洗。她历经苦难，所以很容易激起对不幸者的恻隐之心。在她的想象中，这个患了疯病的孩子大概是从他的亲人或监护人那里偷跑出来的，所以她要设法弄清他到底是从哪里来的，好想法把他送回去。她提到附近的一些村镇，问了他不少有关的话，都问不出所以然来——从他脸上的表情和答话看出，他对她提到的人和事一无所知。他谈起宫里的事来，头头是道，清清楚楚。一说到已故的国王，"他的父亲"，他就痛哭流涕，但是话题一涉到普通百姓的事，他就毫无兴趣，一言不发了。

这妇人对此百思不得其解，但她并没有放弃努力。在她做饭的时候，想到了一个办法，要让这孩子出其不意间吐露出自己的真实秘密。她说到牛——他漠不关心；说到羊——还是如此；所以她猜想他准不是个放牛羊的孩子；她转而说到磨坊，谈起织布工，补锅匠，打铁匠，以及其他各行各业的人，还说起疯人院、监狱和收留所，可是说东道西，她都一一碰壁。不过她认为，自己没有白费劲，范围到底缩小了，只有有关家庭的事没有问。错不了，她深信，她的探索的方向是对的。他准是某家人的仆人。所以她就从这方面下手。可问来问去还是令她大失所望。一说到扫地，他非常厌恶；生火他毫不动心；他对擦擦刷刷的事没丁点热情。后来这位家庭主妇几乎是怀着绝望的心情谈到了烹调，她只是虚应故事而已，不曾料，他竟喜形于色，大出她的意料，令她欢喜不已！啊，

她想，她到底摸到他的底细了。她为自己为这目的而使用的巧计妙法深感自豪。

她已说得口干舌燥，现在可以闭嘴休息片刻了。可国王呢，他被锅子里飘出来的阵阵香气逗得饥饿难当，一谈到馋人的饭菜，自然来了劲儿，便打开话匣子，滔滔不绝说了起来，不出三分钟，听得那女人暗自道："被我说对了，他果然是在人家厨房里打杂的！"接着他又大谈其谈其他一些菜名，说得津津有味，头头是道，又引起这主妇暗自寻思："老天爷！他怎么知道这么多的菜，而且全都是上品？这些菜全都是达官贵人享用的。啊，我明白了，他这么个穿着破衣烂衫的流浪儿，在他没有发疯前，准在皇宫里当过差。错不了，从前他准在御厨房里当过下手。我这就试试他。"

她急于证明自己足智多谋，便吩咐国王替她照应一下做菜的事——言外之意是，要是他愿意，可以多做一两道菜。她说罢跑了出去，还给两个女儿打了招呼，要她俩也离开。国王嘀咕道：

"从前也有一个国王，听人家的吩咐干了这样的事——阿尔弗雷德大帝不惜降低身价，干过这种事，现在让我来做，也无损我的尊严。不过我要设法比他做得更好，不让饼子烤煳了。"

他用心良苦，可做起来不尽如人意。因为这位国王，也像古时那位一样，一心想着大事，结果也出了同样的祸事：把锅里的菜烧煳了。好在主妇及时赶到，才没让早餐完全报废，她把国王痛骂了一顿，骂得他从梦中清醒过来。后来见到国王把自己因为误信而托付给他的事搞砸了，他心里不好受，她的心便软下来，也就对他非常和善可亲了。

这孩子美美地吃了一顿早餐，心满意足，变得神采奕奕，兴高采烈起来。这顿早餐有个显著而奇特的特点，那就是彼此都不计较身份，却没有意识到对方所赐的一番好处：好心的女主人原打算拿些剩饭冷菜招待这小流浪者，让他待在角落里吃，只是把他当作其他的流浪汉或一条狗来对待，但是想到自己刚才骂了他，心里过意不去，这才让他上桌，与自家人一起吃——她们可高他一等。国王呢，觉得这家人对自己一片好心，况且他又把饭做坏了，深感对不起人家，想要弥补自己的过失，便不再计较自己的尊贵身份，同她们一起吃，也不要求女主人和她的两个孩子站着侍候他，让他一个人用餐，不失作为王子的身份和尊严。说来有时候委屈点自己，对有些事不斤斤计较还是有好处的。这么一来那好心的女人整天都乐呵呵的，心情很好，因为自己不计较身份，宽宏大量招待了一个要饭的；而国王也为自己不讲上下之尊，厚待一位卑贱的农家妇女而暗自高兴。

吃完了早饭，主妇叫国王去洗盘子。犹豫了好一会儿，国王对这一命令几乎要对抗不干了。后来他暗想："阿尔弗雷德大帝照料过饼子，自然也去洗会儿盘子的，因此我也能试着去干。"

洗盘子的活他干得糟糕透了，他还以为洗些木盘子和调羹是件轻而易举的事，结果大出他的意料。这活儿既麻烦，又累人，不过他还是干完了。他越来越急于离开这里，继续往前走。但是想离开这位精于算计的主妇一家可不那么容易。她设法让他干些零星活，他也规规矩矩地完成，博得对方的赞赏。接下去她叫他和那两个小姑娘去削一些冬天的苹果，但是他干得别别扭扭，她只好放了他，让他去磨菜刀。随后又叫他去梳理羊毛，这活儿干了很久，直让他感到在他面前，在干下等人所干的活方面，阿尔弗雷德大帝会自愧不如，而自己所表现出来的光辉的英雄业绩将在故事书和历史书里留下精彩的一页。因此他有点儿想撒手不干了。午饭后，这主妇让他把一篮小猫拿到河里去淹死，他一口拒绝。至少他是要开口拒绝的——他觉得凡是得讲个限度，他认为，淹死小猫超出了限度，他拒绝不干，做得对——可就在这时候出了岔子，横插一杠的就是约翰·肯逊，他背着小贩跑码头的包包来了——还有雨果！

国王在这两个坏蛋发现他之前就看见他们走近大门。所以他顾不得说淹猫的话，拎起一篮猫，二话没说，悄悄地从后门溜走了。他把那些小猫放到一间外屋里，自己钻进房后一条狭窄的小巷里去了。

第二十章　王子与隐士

篱笆很高，他躲在后面，人家就看不见他了。他惊恐万状，使尽浑身的气力，飞快地向远处的一座林子奔过去。一路上他只顾埋头奔跑，到了林子隐蔽的地方，才回过头去看个究竟。他远远地看到两个人影，这一看就明白了那是两个什么人，便不再仔细看下去，径自快速往前跑去，直跑到林深处光线微弱的地方，才放慢脚步。后来他相信这个地方非常安全，便站住了。他停下来细听，听不到丝毫的声音，只觉得一片肃穆、阴森、恐怖，令人窒息。过了好一阵子，他那紧张的耳朵终于听到了一丝声音，但听起来像是来自非常远的地方，空灵而神秘，不像是真正的人间的声音，只是哪个死者鬼魂所发出的呻吟和抱怨声，所以比一般打破寂静的声响更加恐怖。

开始时，他打算就待在这个地方，把这天剩下来的时间打发过去。但是他那跑得汗津津的身子突然感到一阵寒意，最后他决定继续上路，走起来好暖和一些。他一直在林子里穿行，实指望很快就穿过林子，找到一条大路。可是他失望了。他走呀走呀，一直往前走，越走树木越密。慢慢地光线变得越暗，国王知道很快就到晚上了。一想到晚上待在这么一个凶险的地方，禁不住打起了冷战。他试着加快脚步，结果反而减慢了速度，因为这时候光线昏暗，步子都迈不准了，不是老被树根绊倒，就是被藤藤蔓蔓和荆棘缠住、刮到。

他终于看到一道亮光，多高兴！他小心翼翼地走过去，时不时停下脚步东张西望，听起来。亮光是从一座小棚子的窗子里透出来的，窗子没装玻璃，敞开着。他听到有人说话。他原想这就跑掉躲起来，但很快就改变了想法，因为听那声音明显是在祈祷。他悄悄溜到这小棚子唯一的那扇窗下，踮起脚尖，朝里偷偷瞥了一眼。房子很小，是泥地，踩久了显得很硬实。一个角落里摆着一张床，铺着灯芯草。床上有一两条破破烂烂的毯子。附近有一只水桶、一只杯子、一只盆子、两三只罐子和炒菜的锅子。屋子里有两条凳子，一条短短的，另一条只有三条腿。灶里未烧尽的柴火还在冒烟。神龛上只点着一支蜡烛，一位老人就跪在神龛前。他身旁摆着一只旧木箱，上面放着一本摊开的书和一颗人头骨。这人个子高大，却很瘦，头发和胡子都很长，已经雪白了。他身上披着羊皮袍子，长长的，从脖子一直垂到了脚跟。

“哦，原来是位虔诚的隐士！”国王心想，“我好幸运！”

那隐士立了起来。国王敲了敲门，应门的是一个深沉的声音：

“进来！可别把罪孽带进来，因为你要踏上的是圣洁的土地！”

国王走了进去，立即站住了。只见隐士那一对炯炯发亮、惴惴不安的目光盯着他，说：

“你是干什么的？”

“我是国王。”国王沉着而真诚地答道。

“欢迎您，国王！”隐士热情地大声道。他七手八脚地径自忙乱着，嘴里还是一个劲说：“欢迎，欢迎。”他把凳子摆在炉灶旁，添了些柴火，让国王在凳子上坐下，然后激动地迈开步子，快速来回走了起来。

“欢迎！许多人来我这里求福，可他们都不配，都被我赶走了。身为国王，不惜抛弃王位，蔑视那虚假的浮华，身穿破衣烂衫，决心把自己的生命奉献给神圣的生活，让肉体蒙受苦难——这人配受欢迎！他可以终生生活在这里，直到死亡。”国王忙着不让他说下

去，自己作出解释，可那隐士没有理会——甚至听也不听，径自说下去，提高声音，劲头更足，“你就安心待下去。没人知道你躲在这里，没人会来求你回去过那种虚假而愚蠢的生活——你受了上帝的感召而抛弃了的生活。你可以在这里祈祷，可以诵读《圣经》，可以思索世俗生活的愚蠢和虚假和未来生活之崇高。你可以以坚果和野草为食，天天用鞭子抽打自己，来净化自己的灵魂。你将以动物皮毛遮体，只用清水解渴。到了那时你就会心境平和。是的，完全平和无忧。不论谁来找你，都会失望而归。他们找不到你，打扰不了你。”

这老人一个劲儿来回走着，不再大声说话，而低声嘟哝。国王抓住机会，陈述自己的遭遇，他在恐惧和不安中，滔滔不绝地说着，可隐士径自喃喃细语，没有理会国王的诉说。他嘟嘟哝哝着，走到国王跟前，动情地说：

“嘘！让我给你透露一个秘密！”他弯下腰正要说下去，突然又闭上了嘴，做出静听的姿态。过了片刻，他踮起脚尖，来到敞开着的窗前，探出头，对着朦胧的夜色打量了一阵，然后又蹑手蹑脚回来，凑过来，紧贴国王的耳边，悄声说：

“我可是个大天使！”

国王大吃一惊，暗自说道：“天哪，我还是跟那些为非作歹的坏蛋混在一起的好。唉，现在我不是落到一个疯子手中了？”他越想越害怕，并且明显地在脸上流露了出来。隐士继续激动地低声说起来：

“我看出你已经感觉到我这里的气氛了！你的脸上显现出了敬畏的神色，在这种氛围中谁也不会不深受影响的，因为这里呈现的是天堂的境界。我可以一眨眼间从天堂来回一次，我就是在这里被封为大天使的。这还是五年前的事。天堂里派来几名天使，授予我这令人敬畏的尊号。他们一来，就使我这里满室生辉，光芒耀眼。天使们都在我面前跪了下来，国王！是的，他们都向我下跪！因为我的地位比他们更高。我在天宫里游走过，还跟圣祖们交谈过。你来摸摸我的手——别害怕——摸摸！这就好，你已经触摸过跟亚伯拉罕、以撒和雅各握过手的手了。我进过金殿，面对面亲见过上帝！”说到这里，他停了下来，好让自己的话更有影响力。接着，他的脸色陡然一变，又走起来，怒气冲冲、劲头十足地说，“是的，我是大天使，还只是大天使。我本可以做教皇的！千真万确。这来自天堂的消息我是二十年前在梦中听说的。是的，我本可以当教皇了——本该当教皇了，因为那是上帝说的。可是国王解散了我的教会，害得我这个默默无闻、无依无靠的可怜修道士在世上没了立足之地，被剥夺了伟大的职责！”说到这里他又嘟嘟哝哝起来，盛怒之下，用拳头狠敲自己的脑门，不断发出恶毒的咒骂声，或伤感地说：“结果我只落得是个大天使——我本可以是教皇的呀！”

他如此这般滔滔不绝说了一个小时，而可怜的小国王坐在那里活受罪。突然老人满腹的怒气全消了，变得和蔼可亲起来，说起话来语气温和，不再想入非非，开始说起了寻常的、富有人情味的话来，顿时获得了国王的好感。这个老信徒让这孩子坐得离炉火更近的地方，让他感到更舒服一些。他亲手温柔而巧妙地治好了小国王身上一些小跌伤和擦伤，动手做起了晚餐——这过程中他絮絮叨叨说着闲话，偶尔还伸手摸了摸孩子的脸庞，或拍拍他的脑袋，态度慈祥而亲切，片刻间国王被这大天使引起的恐惧和反感已烟消云散，代之的是对这老人的尊敬和亲切之情。

两个人吃饭的时候，愉快的气氛还在继续着，后来隐士在神龛前祈祷后，打发这孩子到隔壁一个房间里去睡觉，替他盖好被子，表现出一片不亚于慈母之情。临走时他还亲吻了孩子，然后便在炉火旁坐下来，心不在焉、漫无目标地拨弄起了柴火，很快他又停了手，好几次用手指轻轻地敲打起脑门，像是要回想一件遗忘了的往事。显而易见，他怎么也想不起来，猛地他一跃而起，进了来客睡着的房间，问：

“你是国王吗？”

“是的。”他听到这样迷迷糊糊的回答。

“英国的国王？”

“英国的。”

“英国国王。如此说来，亨利已经死了！”

“哎，是的。我是他的儿子。”

隐士的脸上顿时出现凶狠的神色。他的报仇心促使他使劲攥紧瘦骨嶙峋的双手，站了好一会儿，呼吸急促，反复吞咽唾沫，终于用嘶哑的声音说：

“你知不知道，是他害得我们在世上无家可归？”

没听到回答声。老人便弯下身子，端详起孩子那安详的脸庞，听着他均匀的呼吸声。“他睡着了——睡得好沉。”他不再皱眉蹙额，脸上现出一副凶恶而快意的神情。这梦中的孩子脸上露出一丝微笑，隐士见了嘀咕道：“如此看来，他的心里还挺快乐哩。”他说罢转身离开了房间。他悄悄地在屋子里走动，像是要找什么东西。他时不时停下脚步细听起来，时不时晃动脑袋东张西望，快速瞥了一眼那床，嘴里不停地嘟嘟哝哝，嘀嘀咕咕。最后好像把要找的东西找到了。那是一把旧屠刀和一块磨刀石。他悄悄来到炉火前，坐了下去，轻声在磨刀石上磨起了屠刀，嘴里还是不停地嘟嘟哝哝，嘀嘀咕咕。风在这孤寂的房子四周低吟叹息，种种神秘的夜声从远处飘来，耗子们从缝隙和隐蔽处探头探脑，睁着晶晶亮的眼睛，大胆打量着老人。但老人仍埋头磨刀，聚精会神，对此全然不顾。

过了好一会儿，他伸出大拇指，试了试刀锋，满意地点了点头。“刀快些了，”他说，“是的，快些了。”

他没有注意到时间很快过去，径自默默地磨着刀，心里思绪万千，觉得十分痛快，有时还清清楚楚说了出来：

“他的父亲把我们害苦了，毁了我们。他死后该下地狱遭火烧！是的，该遭不灭的火烧！他从我们手里逃脱了——可是这是上帝的旨意，上帝的旨意，我们不该怨天尤人。可地狱之火他逃脱不了！是的，地狱之火他逃脱不了。那可是熊熊燃烧、毫不留情、在劫难逃的永恒之火——是的，那火永不熄灭！”

他就这样磨着，磨着，不停地磨着，嘴里絮絮叨叨，时不时发出刺耳的咯咯笑声——时不时又嘀咕道：

“那些事全是他父亲干的。我只能当个大天使——要不是他我就是教皇了。”

国王身子动了一下，老人便悄无声息地跑到他床边，跪下去，举起刀，弯身在那平卧着的躯体上。那孩子又动了一下，眼睛短时间张开来，但是只空张着，什么也没看见。接着响起他平静的呼吸声，说明他又睡熟了。

隐士观察了一会儿，细听了一会儿，还是保持跪着的姿态，屏声静息。后来慢慢地把手放下来，离开，嘴里说：

“早就过了午夜——半夜三更的他大喊大叫起来，万一有人经过听到了可不好。”

他悄悄地在自己的木棚子里东转转，西走走，这里捡一块破布，那里拾一片皮条，捡呀捡的。捡够了又回到原来的地方，小心翼翼、轻手轻脚地把国王的两脚的脚踝捆在一起，但没有惊醒他。接着又要捆他的双手的手腕，他试了几次把他的双手交叉捆起来，可当他拿绳子去捆绑的时候，这孩子不是抽开这只手，就是拿开另一只手，害得大天使束手无策，绝望之极，巧的是这时候这孩子自动把双手交叉起来，于是他的双手便被捆起来了。接着大天使把一条绷带兜到这熟睡中的孩子的下巴底下，再绕到头上，使劲拴起来，轻轻地慢慢打好结，干得巧妙，结打得结实。这孩子呢，照睡不误，安安静静。

第二十一章　亨登救驾

老人像只猫，弯着腰，悄悄地走开，拿来一条矮板凳，坐了上去。昏暗中那摇曳的灯光照亮了他一半身子，而另一半显得影影绰绰。他瞪大眼睛盯着沉睡中的孩子。他耐心地守候着，不注意时间在流逝。他一边轻声地磨着刀，一边嘴里嘟嘟哝哝，或发出咯咯笑声。他的姿态和动作十分像一只怪异的灰色蜘蛛，对落在蛛网中无助的昆虫正虎视眈眈。

过了好久，老人还是瞪着眼睛在看，可什么也没有看进去，因为他的心思一直处于迷迷糊糊的梦境中。突然那孩子睁大眼睛，直愣愣地睁得很大很大，惊恐万状中，目光盯着上方的刀子。老人的脸上露出心满意足的魔鬼般的狞笑，他仍然保持原来的姿态，身子一动不动，说道：

“亨利八世的儿子，你祈祷过了吗？”

孩子手脚被捆绑着，无助地挣扎起来，同时从他那捆绑着下巴的嘴里发出一点闷声闷气的声响。隐士就把这声音当作孩子对他的提问所作出的肯定答复。

“那就再祈祷一次，为自己死到临头再祈祷一次！”

这孩子浑身一阵哆嗦，脸色发白。他又挣扎了一次，拼力想摆脱捆绑，他又愤怒，又绝望，发了疯似的挣扎着，但无济于事，说什么也挣脱不了手脚上的绳索。而这老妖魔却百般嘲笑他，摇头晃脑，坦然地磨着刀，时不时嘟哝道：“时间不多了，短短的，非常宝贵——为自己死到临头祈祷吧！”

这孩子发出绝望的呻吟，只是气喘吁吁，再也不挣扎了。他的泪水夺眶而出，滴滴答答往下掉，但这些可怜的表示对这个凶狠而硬心肠的老人毫无作用。

黎明快到了。隐士注意到了，他说起话来也就更凶恶，话语中带着几分紧张不安的意味：

“这得意忘形的场面我欣赏够了。夜晚已经过去，看似一眨眼就过去了——只一眨眼的工夫，要是这能拖长到一年就好了！你这摧残教会者的孽种，要是怕看见我的刀落下，那就闭上你罪恶的眼睛，免得……”

接下去的嘟嘟哝哝听不清他到底说了些什么。老人跪了下去，手握刀，对着呻吟中的孩子，弯下了腰……

听！木棚附近有几个人说话的声音——隐士即刻放下手中的刀，把一张羊皮袍子盖到孩子身上，哆哆嗦嗦地跳起了身子。说话声越来越响，很快就变成粗鲁和气愤了。后来变成了斗殴声和求救声。接着是一阵逃跑者发出快速的脚步声。紧跟着是一阵阵擂鼓般咚咚的敲门声，随着有人说：

“喂！开门！快开，你们这帮魔鬼！”

啊，多可喜的声音，这声音国王多次听到，听来如乐声悦耳。这可是迈尔斯·亨登的声音！

隐士虽然非常生气，咬牙切齿，但没奈何，还是从卧室里快步跑出来，随手关上房门。很快国王就听到“小教堂”里传出谈话声：

“向你致敬，尊敬的神甫先生！孩子在哪里——我的孩子在哪里？”

“什么孩子，朋友？”

“什么孩子？别在我面前撒谎了，神甫先生，哄我没用！我可不喜欢人家来这一套。就在这儿附近，我抓住两个坏种，据我判断，就是他们从我手中骗走了那孩子的，我已经逼得他们招认了。他们说，他又逃跑了，他们就是跟着他的脚印追到你这儿来的。他们已把他留下的脚印指给我看过了，现在你就别再哄我了。听好了，神甫先生，要是你不把他交出来……那孩子在哪里？”

“哦，好先生，你大概是说那个在这儿住了一晚的那个破衣烂衫、自称国王的流浪儿吧？要是你有兴趣关心他的话，那我告诉你，我让他出去办事去了．他很快就会回来的。”

“要多久？多久？得了，别浪费时间了——我追得上他吗？他多久能回来？”

“你用不着激动，他很快就会回来的。”

“那好，就依你说的，我就等着他回来。慢着——你让他办事去了？你！明摆着，你是在撒谎——他没有离开。要是你亏待他，看他不把你的胡子给扯干净。你这是在撒谎，朋友。肯定是撒谎！他是不会为你，还是别的什么人办事的。”

“为什么人？你说对了，可我不是人。”

“什么？老天爷，那你是什么呢？”

“这是秘密——听好了，你可千万别说出去。我是大天使！”

迈尔斯·亨登一听不由惊叫起来——有点儿不敬——接着说：“怪不得他那么听话。我知道，他决不肯为凡人劳动自己的手脚的。可是，老天爷，要是大天使有令，即使是国王也得服从！那我……嘘！那是什么声响？”

这时，国王一直就在附近，他不是吓得哆嗦，就是满怀希望，身子颤抖。这段时间里，他使出吃奶的力气，挣扎着发出痛苦的呻吟声。一直盼着这声声呻吟能传到亨登的耳朵里，但他同时痛苦地意识到，这是不可能的，至少是作用不大，所以当他听到自己的臣仆最后那句话，有如濒死之人忽遇从清新的田野吹来的一阵活命的清风，便再次拼命喊了一声，偏巧这时候隐士也在说话：

“声响？我只听到风声。”

“也许是风声。不错，准是风声。我多次隐隐约约听到——听，又响起来了！这可不是风声！怪怪的，是什么声音？去，去弄个明白！”

这下可乐坏了国王，他禁不住动用那已累得不行的肺部，使出最后的一点力气——而且满怀希望——可是下巴被拴住了，身上又蒙着羊皮袍子，害得他闹不出更大的响动，后来又听到隐士说了下面一段话，他就彻底绝望了：

“哦，这声响是从外面传来的——我想是那边的矮树林里传来的。走，我领你看看去。”

国王听见那两个人边说边往外走，很快脚步声就听不见了。结果剩下了他一个人，陪伴他的是一片阴森恐怖的寂静，前景凶险。

像是过了一百年之久，国王终于又听到两个人越来越近的脚步声和说话声。这次他还多听到一种声音——显然是动物的“吧嗒吧嗒”的蹄子声。后来他听到亨登说：

“我再也等不了啦，再也等不了啦。在这密林中他准迷路了。他是往哪个方向去的呢？快——把方向指给我看。”

“他——你只有等着。我陪你去好了。”

“好——好！你这人比看起来的要好。我看，你的心肠比哪个大天使都好。是不是要坐牲口去？要不就坐我为那孩子备下的矮驴去？要不就让你那双神圣的腿跨上我为自己备用那匹坏脾气的骡呢？我可上过当的，尽管这骡子花了我那么点小钱，比借给一个补锅匠的钱一个月收到的利息还要少，到底还是被人骗了。”

“不，你骑你的骡，牵着驴前头走，我信得过自己的这双腿，走着去。”

“那好，请你先把这小畜生照料一下，让我冒个险，看能不能骑上这大家伙。”

接着便是一阵又是踢，又是蹦，东躲西逃乱糟糟的声音，且夹杂着咒天骂地声，最后突然一声吆喝，凶狠至极，准是吓破了那骡子的胆，从此再听不到它的反抗声了。

那被捆绑着的小国王听见说话声和脚步声越来越模糊，最后听不见，心如刀绞，有种说不出的难受。这时候他觉得希望全落空了，心头只觉得一种沉重的绝望。“我唯一的朋友遭到欺骗，他也被支走了。”他说，“隐士还要回来的，而且……”说到这里他喘了口气，又拼命挣扎起来，终于把闷人的羊皮袍子挣脱开了。

这时候他听见了开门声！吓得他出了一身冷汗——他觉得刀子仿佛已经架到他的脖子上了。恐怖中他闭上了眼睛；恐怖中他又把眼睛睁了开来。只见约翰·肯逊和雨果站在面前！

如果他的嘴巴没被封着，他一定会说“谢天谢地”的。

不一会儿，他的手脚被解开，两个来捉拿他的人左右各抓住他的一条胳膊，催着他快快钻出林子。

第二十二章　阴谋诡计的牺牲品

“疯子一世”又和那些歹徒和坏蛋待在一起，过起了流浪生活。他成了这帮人的冷嘲热讽和粗野的嬉笑怒骂的对象。有时候“老大”不在时，还要遭到肯逖和雨果的欺凌。这帮人中只有肯逖和雨果算得上是真正讨厌他，其他的人也有喜欢他的，都佩服他有勇气，足智多谋。国王被指定归雨果看管。开始两三天，这家伙常暗中使坏，害得这孩子很不舒服。一到夜里，又是例行的狂欢豪饮的时候，他就做些小动作侮辱他，逗大家开心——老是装作无意似的。他两次踩国王的脚趾——也是无意的。国王自有其皇家风度，不把他放在眼里，也就不加理睬，不屑一顾了。但是到了第三次，雨果又要故技重施，国王拿了根短棍把他打倒在地，逗得那一帮人乐开了花。雨果又恨又羞，跳将起来，也抄起一根短棍，怒气冲冲向自己的小冤家扑过去。刹那间，这两个角斗手四周就围了个大圆圈，顿时响起了阵阵喝彩、打赌声。可怜的雨果没有占到便宜。别看他来势凶狠，但他学来的只是些皮毛功夫，显得非常笨拙，哪里是国王的对手？国王可是受过欧洲第一流散打、剑术等的训练，且出自名师之手。小国王兀自机警而从容自如地站着，潇洒、轻巧而准确地躲闪对方雨点般落下的棍棒，博得一帮乌七八糟的围观者阵阵喝彩声。每当他那训练有素的眼光瞧准对方露出破绽，便以迅雷不及掩耳之势给雨果的脑袋上来上一棍，随之便响起了一阵暴风雨般的叫好声和笑声，煞是好听。十五分钟后，雨果被打得好惨，浑身是伤，且成了人们无情嘲笑的攻击对象，到头来只好狼狈地从战场上败下阵来。而那位毫发无损的英雄则被一帮欢天喜地的人抬起来，扛在肩上，抬到了“老大”身边的荣誉席上，一场盛大的仪式后，他被封为“斗鸡王”。同时他过去不太体面的称号从此被取消，还严令如果帮里有人再这么称呼他，就要被逐出该帮。

这帮人谁都想让国王为他们效力，可他们的企图都没有得逞。他坚定地一口拒绝，而且他始终想方设法逃离他们。他回归的第一天，就被推进一间没人看管的厨房里。他不但没有拿人家的任何东西，而且还故意惊醒房主人。他被指派跟一个补锅匠一起做帮手，可他就是不干活，而且还拿起手中的烙铁威胁那补锅匠，害得雨果和补锅匠觉得单为了防止他逃跑已经够他俩忙的了，哪还顾得上别的。哪个想妨碍他的自由，想驱使他效力，国王定会拿出皇家的气势，大发雷霆，把对方痛骂一顿。有一次，派他在雨果的监管下，与一名邋里邋遢的女人和一名有病的小娃娃出去行乞，结果很不乐观——他就是不愿替那两个求告者求情，也无论如何不肯跟他们为伍。

就这样过了几天。流浪生活中的苦楚、辛苦、下贱、卑鄙和低俗让这“俘虏”日渐强烈地感到难以承受，最终认为：免受了隐士的屠刀，逃脱一死，但这迁延时日的痛苦生不如死。

但是到了夜里，他的这些痛苦在梦中都被抛到了九霄云外，他又是个端坐在王位上的万民之尊了。醒来后自然就更加痛苦了——他回到这牢笼后的最初几天早晨，一直到与雨果搏斗的几天间，他的烦恼越来越厉害，越来越难以容忍。

早晨，经过这场争斗后，雨果心里对国王充满了恨意，打算好好报复他。他有两个计划。一是要把这孩子那傲慢的态度和“想象出来”的皇家气派打下去，凌辱他一顿；如果这一计划不能实现，他另有打算。那就是在这孩子头上加些罪名，然后去告官，让他落入法网，在劫难逃。

在他的第一个计划中，他建议在国王的脚上挂个“招子”，好彻底把他凌辱一番，叫他永世不得翻身。一旦这办法实行起来，他就请肯逖来助一臂之力，迫使国王到马路上去，露出大腿求财。这里所说的“招子”是句黑话，指的是人身上的假“疮疤”。造“招子”的人把生石灰、肥皂、铁锈等混成药膏或糊状物，抹在一块皮子上，然后紧紧绑在人腿上。这样一来，很快就有一块皮肤脱落，露出肉来，看上去一片粗糙难看。然后再在腿上抹一层血，血干后，就变成刺目的黑红色，最后再马马虎虎绑上一些脏布条和绷带，但那吓人的烂疮还要让人看得见，以引起路人的怜悯心。

雨果找来了那个曾遭国王用烙铁威胁过的补锅匠来帮忙。两个人带着这孩子出去补锅。一出贼窝，他俩就把他推倒，补锅匠按住他，雨果把那块抹着膏药的皮子紧紧捆在他的腿上。

国王勃然大怒，骂声不绝，发誓一旦君权恢复，定把这两人立刻绞死。但是这两个家伙紧紧按住他，欣赏他无力的反抗，对他的威胁嗤之以鼻。直到“招子”到位后，他俩才放手。要不是有人来打搅，用不了多久，大功就可告成了。可硬是有人横插一杠。就在这时候，那个声言要谴责英国法律的“奴隶”猛地出现了，把膏药和绷带一把扯下来，结束了这场闹剧。

国王想借用自己救星手中的木棍，当场痛打一顿这两个坏蛋。但来人没有答应，说这要惹出麻烦的——还是等到夜里来办吧。到了那时候，大伙都在一起，人多势大，外界的人就不敢来干涉了，他把三个人全赶回窝里，把这事向“老大”作了报告，“老大”听了，细想了一下，决定不再派国王出去讨乞了，明摆着，国王该干更高级、更有价值的事——当场拍板，把他从行乞这一级升到偷窃这一层去！

这可把雨果乐坏了，他早就想让国王去干偷鸡摸狗的勾当，都

没有成功，现在他如愿以偿了。不是吗，这是“司令部”直接发出的清楚无误的命令，国王只能乖乖地接受，做梦也休想反对。所以他计划当天下午就给国王一个突然袭击，让他在行窃的过程中落入法网。为此，他要巧施妙计，让人看起来事出偶然，并非有意安排的。因为现在这个“斗鸡王”在帮里已是个赫赫有名的人物，如果帮里的人知道他这个讨人厌的家伙施了这么一个缺德的阴谋诡计，出卖自己的同伙，把他交给帮的公敌法律去处置，对他决不会手软的。

好哇，雨果便适时领着自己的牺牲品到了邻近的一个村子里，两个人慢悠悠地在一条街又一条街转来转去。一个处处留神，寻找机会实现自己恶毒的计划；另一个也时刻注意，找机会逃跑，永远摆脱自己那有失脸面的“俘虏”身份。

两个人都错失了不少好机会。这是因为两个人都各怀心思，决心这次要做到万无一失，决不想冒失行事，别一时兴起，去干不可靠的事，让希望落空。

雨果的机会首先出现。只见一个女人拎着一个篮子，里面放着厚厚一包东西，走了过来。雨果一见，顿时眼里闪出邪恶的光，他心想：“好机会，我就把这个罪栽到他头上。这都是上帝抬举了你，‘斗鸡王’！”他等着，留神着——外表装得非常镇定，内心里却十分兴奋。那女的走过去了，时机已经成熟，他便低声说：“你待在这里别动，等着我回来。”说罢他偷偷地向自己的猎物飞快跑过去。

国王这时候心花怒放——只要雨果跟着自己的猎物跑得再远一些，他可以逃跑了。

可他并不走运。雨果紧跟那女人的身后，扒了那包东西，裹在他胳膊上搭着的一条破毯子里，跑了回来。那女的立即大喊大叫起来，她虽然没看见自己的东西是如何被偷的，但她发觉篮子一下子轻了，知道坏事了。雨果跑过来，脚不停，把那包东西塞到国王的双手中，说：

“你就跟在我后面，边跑边跟其他人一起喊捉贼。留心，千万要把他们引到别处去！”

很快雨果到了一个转角，跑进了一条弯弯曲曲的胡同里——又过了一两分钟，他又慢悠悠似的逛了回来，若无其事，悠闲自在，然后躲在一根柱子后，看事态的结果。

国王受到了陷害，气得把那包东西扔到地上，这一扔，裹着那包东西的破毯子就散开了，就在这时候，那女的走到他跟前，后面还跟着一群越聚越多的人。她一手抓住国王的手腕，另一只手捡起那包东西，破口大骂起这孩子，而对方竭力挣扎，想摆脱出来，可就是脱不了身。

这一切雨果都看在眼里——他的冤家对头这下被人抓住了，法律就要让他吃苦头了——所以他就乐颠颠地嘻嘻哈哈回老窝去了。他一路上，迈开大步，编造些令人信服的说法，好向“老大”那一帮人报告这件事。

国王继续在那女的手中拼命挣扎着，时不时恼怒地哭喊起来：

“放手，你这蠢婆娘。你那些一文不值的东西不是我偷的。”

人群紧紧地围拢过来，对国王又是骂又是咒的，好一阵威胁。一个身强力壮的铁匠，围着皮围裙，袖子卷到了胳膊肘，伸过手来要抓国王，嘴里还说，要狠狠揍他一顿，教训教训他。就在这节骨眼上，一把长剑在空中一闪，平落在那铁匠的手上，止住了他动手。古怪的持剑人开心地说道：

“哟，好心的人们，事儿得办得悠着点，别凶巴巴的，有话好好说。这种事得依法办，不可由私人自己处理。好大嫂，把这孩子放了吧。”

铁匠瞥了一眼这壮实的军人，掂量了他的分量，摸摸自己的胳膊，嘟嘟哝哝走掉了。那女的不情不愿地松开孩子的手腕。围观的人很不高兴地打量这陌生人，可是都谨慎地不吭声。国王跑到救星的跟前，涨红着脸，眼睛闪着喜悦的光芒，大声道：

“迈尔斯爵士，你一直不露脸，真叫人伤心，不过这次来得是时候，你替我把这坏蛋剁成肉酱吧！”

第二十三章　王子成了囚犯

亨登勉强报之一笑，弯下腰，贴着他的耳根，低声说：

“小点声，小点声，我的王子。当心管住自己的舌头，别到处胡言乱语。相信我吧——事事都会有好结局的。”说罢又自言自语了一通：“说我是迈尔斯爵士！老天爷，我完全忘了自己是骑士了！天哪，好一件奇事，别看他脑子糊里糊涂，疯疯癫癫，记忆力还真不坏哩……我这头衔可是空的，毫无意义，可倒也值。我以为，在一个世上真正的国王手下当个伯爵什么的，让人看不起，倒不如在这‘梦幻王国’里做个空头爵士，更有价值，更光彩。”

人群闪开，给警察让出一条路。那警察伸出手正要抓国王的肩膀，亨登开言道：

“且慢，好朋友，用不着你动手——他自己会乖乖地跟你去的。这我可以担保。你领先，我俩跟着。”

这警官领头，随后跟着那女人，她手里拿着那包东西，跟她一起的还有迈尔斯和国王。最后是那群人。国王很不愿去，可亨登低声对他说：

“您想想，皇上——您的法律是您尊严的健全体现。制定法律的人都拒绝执行，还能指望您手下的百姓尊重吗？显而易见，有一条法律已经遭到破坏了。将来您恢复王位，想起当时有人把自己误当作平民百姓，您不惜自己万民之尊的身份，忠诚地自降为平民，服从法律的权威，那时你会伤心吗？”

“你说对了，别再说了。你会看到，英国国王要求老百姓因遵守法律而受的苦，他自己处于百姓地位的时候，这种苦他一定会忍受得下。”

那女人被传到治安法官面前对证时，她信誓旦旦地说，就是庭上的这小囚徒偷了她的东西。没有人提出相反的证据，所以被宣告有罪了。那包东西当庭打开，里面包着的是一头肥肥的小烤猪，法官面露难色，亨登脸色惨白，惊得触了电似的，身子哆嗦。但国王依然泰然自若，这是因为他不知道案情的厉害。法官有种不祥之感，沉思片刻后，问那女人：

“你的东西值多少钱？”

那女的屈膝行了一礼，回答说：

“三先令八便士，大人。我可说的是实价，再少一便士我也不干。”

法官神色不安地看了看在场的旁听者，然后向警官点点头，说：“把庭上的人全请出去，关上门。”

警官一一照办。于是庭上除了两名官员、原告、被告和迈尔斯·亨登，再没有其他人了。亨登已吓得面无人色，额头上聚着一颗颗豆大的冷汗，那些汗珠子聚拢来，又散开，后来又聚在一起，滴滴答答顺着脸颊往下掉。法官又转身对那女人说，用的是悲天悯人的语气：

“他是个不懂事的可怜孩子，也许是因为饿了才干出这种事。现在这年头，穷人日子过得就是难。你看他，长得不像个坏人、恶人——只是饥饿难当。好心的女人！你知道吗，谁偷了价值十三个便士以上的东西，按法律就要被判绞刑的？”

小国王大吃一惊，吓得眼睛睁得老大老大，但他还是控制住了自己，显得非常镇定，一言不发。可那女的就不一样了。猛地跳将起来，吓得身子发抖，大声喊道：

“啊，老天爷！我倒是怎么啦！祈请上帝饶恕我吧，我压根儿没想到要害死这可怜的小家伙！您救救我吧，老爷——我如何是好？我该怎么办？”

法官依然不失法官本色，只简单地回答说：

“价格自然是可以改改的，因为现在还未记录在案。”

“那就看在上帝的份上，烤猪就算八便士吧。谢天谢地，我良心上总算是把这吓人的事儿摆脱掉了！”

迈尔斯·亨登高兴得忘乎所以，竟全然不顾应有的礼仪了。居然伸出双手，搂住了国王，紧抱不放，让国王大感意外，觉得这举动有伤尊严。那女人感激涕零，拿着烤猪告别而去。警官为她打开法庭的门，送她进了狭窄的过道。法官动手在案卷里写下证词。亨登向来是个精明的人，很想跟着出去看看那警官跟那女的出去为的哪般。所以他悄悄地到了昏暗的过道，听了起来。结果听到了如下一段对话：

“这猪挺肥的，味儿准不错。我打算买下。拿着，这儿是八便士。”

“八便士，真有你的！哪有这样的事？我花了三先令八便士买来的，而且用的是上一个皇上造的钱，枚枚都是真钱。才死的老亨利王连摸都没摸过。你那八便士能买什么？”

“你在法庭上说的话算不算数？你是发过誓的，这么看来你说是八便士的话，发的是假誓。你立马跟我回去，面见法官大人，承认下这罪吧——让那孩子上绞架去！”

“得了，得了，好人儿，不用说了，我算是服了你啦。给我八便士吧。这事儿你可别跟人说。”

那女的哭哭啼啼走了，亨登悄悄回到法庭。那警官把自己的收获藏到一个可靠的地方，随后跟了进来。法官写了一会儿后，把那充满智慧和慈悲心的判决念给国王听。结果国王被判短期监禁，关在普通牢房里，外加一顿鞭打示众。惊骇万状的国王张开嘴巴，大概想下旨当场给这位法官斩首，但他看到亨登给他一个警告的手势，便什么话也没出口，闭上了嘴。

亨登拉住他的一只手，对法官鞠了一躬，跟着警官离了法庭，朝牢房而去。到了街上，义愤填膺的君王停下脚步，甩开亨登的手，嚷道：

“白痴！谁能想象我会活活地被关进普通的牢房吗？”

亨登弯身说，语气有点不客气：

“您信得过我吗？别说了，耐点儿心，别说这些危险的话失去自己的机会。听凭上帝的意志。你别急，急也没用。等待时来运转。要有耐心。该发生的准会发生，到时候是悲是喜自有分晓。”

第二十四章　脱逃

时值冬天，短暂的白天就要过去。街上行人稀少，见到的只有为数不多几个人，他们匆匆忙忙来往奔波，或一心向前，专心致志，急于尽快办完事，好赶回家享受家的温暖和舒适，免受将起的寒风和夜晚昏黑之苦。他们不东张西望，不理会我们这几个人，甚至看也不看一眼。爱德华六世甚是纳闷，过去是否也有过这样的场面：一国之君在去牢房的途中竟会得到如此冷遇？不久警官到了一个冷落的市集，接着横穿了过去。就在他们到了市集中心，亨登伸手按住警官的胳膊，低声说：

“且慢，先生，这里没人听见，我有话跟你说。”

“职责所在，不允许我与你说话，先生。请不要妨碍我，天快黑了。”

“你还是停一会儿吧，因为这事多少与你有关。你转过身去，装作没有看见就好了。让这可怜的孩子跑掉吧。”

“这是你要说的吗，先生？我可要逮捕你了，因为……”

“不，你先别急。你得小心，可不能傻里傻气犯了错……”接着他压低声音，贴着对方的耳根悄悄说道，“你花八便士买来的烤猪可能会要了你的命，老兄。”

可怜的警官听了这意外的话，目瞪口呆，哑口无言。过了一会儿才开口说话，而且气势汹汹，连吼带叫，可亨登镇定自若，耐心等着警官缓过气来，才说：

“我对你颇有好感，朋友，不忍心看到你招惹麻烦。听我说，我全听到了——字字句句都听到了。我可以证明，是不是这样。”于是他把警官和那女人在过道里说的话一字一句重复了一遍，最后说：

“怎么样，我说的没错吧？如果有必要，我能不能在法官面前把这些话再确实无误地说一遍呢？”

好一会儿，那家伙被说得胆战心惊，哑口无言，不知所措。后来他回过神来，打起精神，装作若无其事，说：

“你这是小题大做，其实那无非是个玩笑。我不过想逗逗那女人，寻点儿开心罢了。”

“留下人家的烤猪只是寻开心？”

对方警觉地说：

“没别的意思，好心的先生。跟你说吧，纯粹是开个玩笑。”

“我倒要相信你这话了。”亨登说，这话说得半真半假，半认真半开玩笑，叫人捉摸不透，“你在这里等会儿，我这就跑去问问法官大人——没事儿，他反正是个见多识广的人，懂法律，分得清哪是玩笑，哪是……”

他拔腿就要跑开，边走边说话，警官犹豫起来，心烦意乱，咒天骂地，最后嚷道：

“别走，别走，好心的先生——请等会儿！法官！朋友，他听玩笑，就像面对尸体，毫无同情心！得了，我们接着谈吧。老天爷，这下我是见鬼了——只为了逗逗乐，多无辜，就没好好想想。我是个有家小的人，有老婆孩子——我是讲道理的，尊贵的先生，你要我干什么呢？”

“你一直一动不动待着，装聋作哑，什么话也不说，什么也没看见，在从一数到一万的时间内就一直待着——要慢慢地数，”亨登说。看表情，他这是请人帮个合情合理的忙，而且是个小忙。

“这下可毁了我了！”警官绝望地说，“我说，先生，你得讲道理。就说这事吧，得多方面来看，无非是个小小的玩笑，明摆着的，一清二楚的事。如果有人不认为这是玩笑，那也算是个小小的错，即使要处罚，大不了挨法官一顿骂，警告一声。”

亨登一本正经地作出回答，那严肃的神情害得周围的空气都变得冷飕飕的了。

“你这玩笑法律上有个专门的名称——你知道叫什么吗？”

“不知道！也许是太笨了，我做梦也没有想到它还有个专门的名称。老天爷，我以为你真会别出心裁哩。”

“是的，它还真的有个名称。在法律上这罪名叫‘乘人之危，欺诈谋财’。”

“哎呀，我的天哪！”

“那是要判死刑的。”

“天保佑，我这不是成罪犯了吗？”

“你这是乘人之危，为自己谋利，只付了区区几个便士，强买下他人价值十三个便士以上的财物。从法律的角度看来，这就是侵犯他人财物的受贿罪、渎职罪、严重的贪赃枉法罪——判的就是绞刑，不得赎身，不得减刑，不得援用牧师的恩典。”

“搀我一把，搀我一把，好心的先生，我站不住了！行行好吧——饶了我一命吧，我这就转过脸去，不论发生什么事，我一概没看见。”

“很好！你变得又聪明又有理智了。你愿把烤猪物归原主吗？”

“还给她，还给她，一定做到。以后我什么也不会去碰了，哪怕是天上掉下来的，还是天使送来的，碰都不碰一下了。好了——为了你我就是个瞎子，什么也没见到。我就说犯人是你跑过来强行从我手中抢去的。那门又破又旧，不是今夜，就是明早，我就砸开它。”

"你干去吧，好人儿，这么干对你不会有坏处的。法官对这可怜的孩子本来就存着慈悲心，他不会为这孩子的出逃掉一滴眼泪，也不会打断狱吏的骨头的。"

第二十五章　亨登宅邸

亨登和国王一出了警官的视线，他就让皇上赶快跑到城外某个地方躲起来，等着他。他这就去客栈结清账目。半小时后这一对好朋友就骑着亨登预备下的两匹糟糕的牲口，欢天喜地地往东去了。现在国王身上暖和和的，心满意足，因为这时候已经把身上那一堆破烂全扔了，穿上亨登在伦敦桥上买来的二手货。

亨登不想让这孩子过度劳累。他以为路途的困顿、不规则的饮食、恶劣的起居对这孩子那不正常的脑子不利，而充分的休息、有规律的生活、适当的活动肯定有益于他疾病的痊愈。他盼望着看到孩子那低弱的智力有所改善，他那备受折磨的小脑袋快点儿忘掉那些可怕的所见所闻。所以他决定在回家的路上采取不急不忙的办法。虽然他被逐出家门这么久了，本该日夜兼程，盼星星盼月亮似的赶着回去的。

他和国王走了约莫十英里的路程，到了一座规模不小的村子，便停下来在一家挺不错的客栈里过夜。两个人又恢复了原有的那些关系。国王用餐的时候，他就站在国王坐的椅子后面侍候；国王准备就寝时，他就替他更衣，自己就睡在地板上，身上裹着一条毯子，而且是横躺在门边。

第二天，以及随后的一天，两个人慢悠悠地一路行去，边走边聊起他俩分手以来所遭受过的种种惊险经历，对彼此的叙述听得兴趣盎然。亨登详细地说了自己为找寻国王跑过不少地方，说到那大

天使领着他在林子里瞎闯乱找，误了大事，最后发现自己还离不开他，便跟着他回到那小木棚。亨登说，后来那老头子进了自己的卧房，跌跌撞撞跑回来，看起来伤心欲绝，说，他实指望孩子已回来好端端躺在床上歇息，不料事实并非如此。亨登只好在那里待了一天，指望国王能回来，结果希望成空，他便再次出去找寻。

“这圣洁的老隐士对皇上没有回来深表遗憾，”亨登说，“我是从他脸上的表情上看出来的。”

“哎，这我毫不怀疑！”国王说，然后他把自己的这一段经历细说了一遍，亨登听了后悔没杀了那大天使。

他们在路上的最后一天，亨登的情绪变得非常高涨，嘴巴不得闲。他说了自己的老父亲、自己的哥哥亚瑟，还说了许多有关他俩高尚和慈悲的性格的事。他说到自己心爱的伊迪丝，如痴如醉，眉飞色舞，得意忘形之余，连说到弟弟修的时候也满怀手足之情，提到他的一些好事。他滔滔不绝地说到即将在亨登宅邸久别重逢时的盛况，那时人人都会惊喜交集，无不谢天谢地，那场面该有多热烈。

这是个美丽的村子，村舍、果园点缀其间，一条道路通向一片广阔的牧场草地，无边无涯，直至天际，更有一些高坡和洼地，高高低低，错落有致，宛如置身于大海的波涛起伏之间。下午时，这位回家的浪子频频离开大路，爬上高坡，看看能否看到远处的家园，一见老家的容颜。他终于如愿以偿，便高声喊道：

“我看见自己的村子了，我的王子，旁边就是我家的宅邸！从这里你可以看见它的塔楼。还有一片树林——那是我父亲的园林。啊，现在你可以看到它有多壮丽，多豪华！一座有七十间房间的大房子——试想那规模吧！二十七名仆役！我们住的房子多宏伟，你说是不是？快，快走吧——我已迫不及待，急着赶回去了。”

两个人心急如焚，还是三点钟后才赶到那村子。两位旅人匆匆过了村子，亨登还是不停地说着：“这是教堂——满是常春藤，还是老样子；那是客栈，叫‘老红狮’——那边是市场。这儿是‘五月花柱’，这儿是水泵——全没有变。除了人，全都没变。十年时间果真是物是人非了。有的人我好像还认得，可没人认得我了。”他就这么唠叨下去，很快就到了村尾，两个人拐上了一条弯弯曲曲的小路，高高的篱笆夹道，沿着这小道轻快地走了半英里，穿过一座气度不凡的门楼，门楼高大的石柱上刻着家族纹章，然后进了一座非常大的花园，眼前呈现出一座豪华的宅邸。

“欢迎您来到亨登宅邸，皇上！”迈尔斯高声说道，“啊，这是不凡的一天！我爸爸、哥哥和伊迪丝定会高兴得发狂，刚见面时欢喜中他们很可能只围着我，与我说话，会把你冷落在一边——请不要见怪，情况很快就会变的。我会介绍说我是你的监护人，说我对你情深似海，他们就会看在迈尔斯·亨登的分上，紧紧拥抱你，让你感到此后他们的心和宅邸永远都是你的家！”

接着亨登从大门前跳到地上，又扶着国王下来，拉着他的手，急急忙忙往里奔过去。用不了几步他俩就到了一间宽大的房子，他走了进去，匆忙中忘了应有的礼数，把国王推到椅子上坐下，自己朝一位坐在写字台前的年轻人跑过去。那写字台就摆在炉火熊熊的火炉旁。

“快来抱抱我，修，”他大声道，“快说吧：我又回来了，你很高兴！把我们的爸爸叫来，没触到他的手，没见他一面，没再次听到他的声音，这个家还不算是我的家！”

但是修的脸上只是短暂地露出吃惊的神情，便把身子往后躲，瞪着眼睛，严厉地看着这闯入者——那看他的眼神开始时不知怎么的伤了他的尊严，后来出于他内心的想法和意图，那眼神变了，变得怪异而好奇，还夹杂些假装出来的同情，修便以温和的声调说：

“你的神经是不是不正常了，可怜的陌生人？毫无疑问，你在世上吃了不少苦，备受折磨，遭人拳脚，看你的脸色和衣装足以说明问题了。你把我当成谁了？”

“当成谁了？请问，除了是你，还有别的人吗？我把你认作是修·亨登。”迈尔斯·亨登理直气壮地说。

对方还是温和地接着说：

“你想象自己是哪个？”

“这种事是用不着想象的。难道你还装着不认识自己的哥哥迈尔斯·亨登吗？”

修的脸色掠过一阵又惊又喜的表情，他大声道：

“什么！你不是开玩笑吧？难道人还能死而复生？要是真的这样那就谢天谢地了！经过这么多年残酷的日子，我们那音讯全无的可怜孩子居然会回到我们的怀抱中来！啊，太难以令人置信了，这样的事太令人难以置信了。请行行好，别开这样的玩笑。快过来——到亮一点的地方，让我好好看看！”

他抓住迈尔斯一条胳膊，拉到窗口，从头至脚上上下下，前后左右，围着他看了个遍，不放过任何一点。与此同时，这位归来的浪子喜气洋洋，容光焕发，喜笑颜开，不住点着头，说：

“看吧，接着看，别担心。我的手脚和面孔没一处经不住你检验。尽管看，看个够，我亲爱的好弟弟修——我确实是你亲爱的迈尔斯，你从前认识的那个迈尔斯，你那音讯全无的哥哥，是不是？今天是个喜庆的日子，我说过这是个不凡的一天！把你的手伸过来，把你的面颊凑过来——老天爷，我高兴死了！”

他正想扑过去抱住弟弟，可修抬起手，阻止他。然后他伤心地低低垂下脑袋，激动地说：

“啊，请上帝大发慈悲吧，让我挺得住这悲哀的失望吧！”

迈尔斯大吃一惊，一时不知说什么好，过了一会儿才回过神来，大声说：

“有什么好失望的？难道我不是你哥哥吗？”

修伤心地摇摇头，说：

“老天可以作证，在别人看来你好像有点像我，可我看不出来。我觉得那信说的是确实可信的。”

“什么信？”

“从海外寄来的，六七年前收到的。信上说我的哥哥在一次战斗中阵亡了。”

“假的！去把爸爸叫来——他会认出我的。”

“死了的人是叫不来的。”

“死了？”迈尔斯的声音不禁低了下去，他的嘴唇跟着颤抖起来，“我的爸爸死了？哦，这是多痛心的消息，现在我的高兴劲儿连一半也没有了。那就请我的哥哥亚瑟出来见见——他会认出我来的，他会认出我、安慰我的。”

“他也死了。”

“上帝保佑我这不幸的人吧！不在了——两个人都不在了。高尚的人没了，偏留下我这一钱不值的人！啊，我请你发点慈悲，别说伊迪丝小姐她也……”

“也死了？不，她还活着。”

“那就谢天谢地了，现在我又高兴极了！快——弟弟，快请她出来见我！如果她说我不是我——她不会的。不，不，她会认出我的。我太傻了，这怎么可以怀疑呢？叫她出来——所有的老仆人全出来。他们都会认出我的。”

“全都不在了，只留下五名：彼得、哈尔赛、大卫、帕纳德和马格丽特。”

修说着，离开了房子。迈尔斯站着沉思了一会儿后，在房子里来回走起来，喃喃说：

“只有五个最要不得的坏家伙还在，其余那二十二个老实忠心的都不在了——真是怪事一桩。”

他继续在房子里来回走着，嘴里嘀嘀咕咕。他已忘了国王的存在了。不久国王用悲痛和略带真诚且同情的口气说起来，但这些话很容易被人误解，听来像是话中带刺：

“别把这些不幸老放在心上，好人儿。世上也有其他的人，他的身份不被人承认，他的权利被人嘲笑。你不是还有个同病相怜的人吗？”

“啊，国王，”亨登脸孔绯红，大声说，“你别责难我。等一等，你就知道，我不是个说谎的人——她会说真话的，你会听到全英国最甜美的芳唇里吐出的真言。我会骗人吗？我熟悉这古老的宅子，熟悉我先辈的肖像，认识四周的这些东西，就像小孩子熟悉自己的育儿室一样。我生在这里，长在这里，皇上。我说的全是真话。我决不会骗你的。即使大家都不相信我，你可不能怀疑我……我受不了啦。”

“我并没有怀疑你，”国王说，像个孩子，说得纯真，充满了信任。

“我诚心诚意地感谢你！”亨登满腔热情地说，国王的话让他深受感动。国王还是纯真而温和地说：

“你怀疑我吗？”

亨登顿时有一种罪恶感袭上心头，显得十分不安。好在这时候门开了，修走了进来，让他有幸用不着回答了。

修的身后跟着一位美丽的女郎，衣装华丽，她的后面进来的是几名穿号衣的仆人。女郎低着头，两眼看着地面，走得很慢，她的脸色有种说不出的哀伤。迈尔斯·亨登跳上前去，喊了起来：

“哦，我的伊迪丝，亲爱的……”

修板着脸，挥挥手，阻止了他，转而问女郎：

“看看他，你认识他吗？”

一听迈尔斯的话，女郎微微一惊，涨红了脸，浑身哆嗦。她站着一言不发了好一会儿，这情景非常感人。接着她慢慢抬起了头，用一种呆滞而惶恐的目光看着迈尔斯的眼睛。她的脸逐渐变得毫无血色，显得一片死人般的惨白色。她说话了，那语气也像脸色一样，像是出自死人之口："我不认识他！"说罢，她转过身，一声呻吟伴着几声压抑着的哭泣，踉踉跄跄出了房间。

迈尔斯·亨登一屁股跌坐进椅子上，双手掩脸，沉寂了一会儿，他弟弟对仆人说：

"你们见过他吗？认识他吗？"

他们都摇摇头。然后主人说：

"仆人也不认识你，先生。我想，恐怕存在什么误会了。你也看到了，我的妻子也不认识你。"

"你妻子！"猛地修被按到了墙上，喉咙像是被铁钳紧紧掐住，"哦，你这长着狐狸心的下流胚，我全明白了！你亲手编造了那封骗人的信，骗走我的新娘、我的财产。听着，你快给我滚，免得杀了你这可怜的小人，玷污了我光荣的军人身份！"

修的脸孔涨得血红，几乎要被掐死了，连滚带爬到了离得最近的椅子，坐了下去，下令那几个仆人把这个行凶的陌生人抓起来，捆绑好。仆人畏畏缩缩不敢上前，有一个说：

"他带着家伙呢，修爵士。可我们手无寸铁。"

"家伙？那又怎么样？你们这么多人，还怕他？我说，都给我上！"

迈尔斯警告他们别轻举妄动，又补充了一句：

"你们过去都知道我的厉害，如今不减当年。要是哪个想试试，过来吧。"

仆人们听了这话胆子没有壮起来，还是不敢动手。

"你们这帮不中用的胆小鬼，那就去把武器拿来，守住这门，我再派一个人把卫兵叫来，”修说，他退到了门口，转而对迈尔斯道，“你就别想逃跑了，那没有用，还是老老实实待着对你有好处。”

“逃跑？你省省心吧，这用不着你操心。迈尔斯·亨登是亨登宅邸的主人，这里的一切都归他所有。他会留下来不走了——信不信由你。”

第二十六章　警告

国王坐着沉思片刻后，抬起头，说：

“蹊跷——太蹊跷了。我实在不明白这是怎么回事。”

“不，毫不蹊跷，皇上。我了解他的为人，他做这些事十分自然。他天生就是个坏蛋。”

“哦，我说的不是他，迈尔斯爵士。”

“不是他？那说的是什么？你说的蹊跷到底什么意思？”

“我说的是没有人来找国王。”

“什么？哪个国王？我不懂，我不明白。”

“不是吗？现在全国各地哪里也见不到宫里派出的信使，张贴告示，描绘我的相貌，找我回去，这种事你不觉得蹊跷吗？一国之君不见了，还是风平浪静，没事似的，这不蹊跷吗？我不见了，失踪了，他们就不奇怪吗？”

“你说对了，皇上，我竟把这事忘了。”亨登说罢叹了口气，自言自语起来，“坏了脑子真叫可怜——瞧他还在做这伤感的梦哩。”

“我有一个计划，可以使你我都能申冤。我来写封信，用三种文字——拉丁文、希腊文和英文。明天一早你就拿着信赶到伦敦去，把信面交我舅舅赫特福德勋爵，他读了信就知道信是我写的，到时候他就会派人接我回去。”

“我的王子，不如让我继续留在这里，等我证明了自己的身份，拿回了自己的产业，这办法不是更好吗？比较起来，那时候我就更有能力……”

国王硬是打断了他的话，自己说起来：

“别说了！你那点可怜的产业，微不足道的财富算得了什么，能与有关国家祸福和王位的安危相提并论吗？”接着他用温和的语调说，像是为刚才自己说得太严厉而抱歉似的，“服从我的命令，别害怕了。我会为你申冤的。我会让你得到你全部的权益——岂止是全部。我不会忘了你的，我定会报答你的。”

他说着，拿起笔写了起来。亨登慈祥地打量了他一会儿，暗自说道：

“这时候如果是待在黑暗的地方，我还真的以为刚才说话的那人是国王哩。你看他发起脾气来，那气派完全像个货真价实的国王。这架势他倒是从哪里学来的？你看他这会儿乱涂乱抹，写出这些个歪歪扭扭、莫名其妙的鬼符来，自以为是拉丁文和希腊文哩。除非我能幸运地想出个妙办法来打消他这念头，否则明天我只好假装着赶去伦敦去办他交给我的这疯差事了。”

很快迈尔斯爵士的心思又回到刚才发生的怪事上。他聚精会神地想着，想着，结果把国王写好的信拿来，放进口袋，还意识不到自己在干吗呢。“她的行为多怪！”他喃喃道，“我认为她已认出我来了，我也认为她没认出我。这两种想法是自相矛盾的，我一清二楚。可这矛盾我无法调和，想不出个道理打消这念头。猜想起来事情是这样的：她一定认得出我的面孔、我的身形，听得出我的声音，她不可能不熟悉！可她说不认识我。这足以证明她的确不认识我，因为她从来不说谎话。慢！我开始明白了。大概她是受了他的影响——是他命令她这么做的，强迫她撒谎的。就是这么回事！这难解之谜就不难解了。看她怕得要死——是的，她受到他的威迫。我要找她去，一定要找到她。既然他现在不在家，她会说出真实想法的。她会想起当年我俩是小玩伴，这会减轻她思想上的压力，这样她不但不背叛我，还会说出真话。她的血管里淌着的不是背叛者的血液——是的，她一向为人真诚、实在。当年她就喜欢我——有了这一层我就有把握了，因为一个喜欢自己的人是不会出卖自己的。”

他热切地向门口走去，就在这时候，门开了，伊迪丝小姐走了进来。她脸色惨白如纸，但脚步坚定，举止充满着高雅端庄之美。她的神情还是和刚才那样忧伤。

迈尔斯快步迎了上去，既喜悦，又满怀信心。但是她做了个不易发现的手势，阻止了他。他便在原地停了下来。她坐了下去，也请他坐下。这让他再也感觉不到过去那种友好的情谊了，反而产生一种陌生之感，自己简直成了客人了。对此他觉得惊奇、迷惑、意外，一时间他想问，自己到底是不是迈尔斯。伊迪丝小姐说：

“先生，我来是要警告你，想要让疯子摆脱种种幻想也许是不可能的，但是显然，劝他避免危险是可以做到的。我想，你觉得自己的美梦是真实的，所以不认为是犯罪的行为——你还是带着自己的梦想离开这里吧。继续在这里待下去是非常危险的。”她死死地盯着迈尔斯的脸看了一会儿，动情地补充了一句，“如果你长得像我们那失踪的孩子——假设他现在还活着——那这里对你就更危险了。”

“老天有眼，太太，我确实就是他！”

“我相信你是这么想的，先生，你的真诚我并不怀疑。我只是来警告你，别无他意。我的丈夫是这一带的主人，他手握无限的权力，他可以决定一个人发财，还是挨饿。如果你忘了自己就是你所说的那个人，我丈夫也许还能让你继续安然地做你那美梦。但是请相信我，我非常了解他，我知道他会干出什么事来。他会对大家说，你是个发了疯的骗子，大家就会一致随声附和的。”说到这里，她弯下腰，像刚才那样，再次紧紧打量他一眼，接着说，“假如你就

是迈尔斯·亨登，被他知道了，大家全都知道了——请仔细想想我说的话，认真掂量掂量吧——你就祸到临头，在劫难逃了。他会矢口否认，告发你，谁也没有胆量站出来为你辩护的。”

“你说的我完全相信，”迈尔斯尖刻地说，“他大权在手，能让一个人俯首听命出卖自己终生的朋友，假说他是另一个人，那么那些连吃饭和活命都听凭人家的人，自然就会不顾尊严和声誉，听人摆布了。”

那女郎两颊顿时出现淡淡的红晕，垂下了头，眼望地面。但是她接着说的话里，丝毫听不出激动的成分：

“我已经警告过你，我必须再警告你一次，快离开，否则这个人会要你的命的。他是个暴君，心狠手辣，我就是他的奴隶，已被他戴上脚镣手铐了。我非常了解他的为人。可怜的迈尔斯，亚瑟和我的监护人理查德爵士，已摆脱了他，长眠不醒了——你与其留在这里落入这个异教徒之手，不如去跟他俩一起的好。你的出现对他的爵位和财产是一大威胁，况且你还在他的家里给过他难堪。如果你还待下去，就会毁了自己。走吧——别犹豫快走吧。如果你缺钱，把我的钱包拿去。我求你了，用钱买通那些仆从，放你出去。哦，可怜的人，听我一声忠告吧，趁现在还有机会，快逃命吧。”

迈尔斯做了个手势，谢绝了拿她的钱包，站起来，立在她面前。

“请答应我做一件事，”他说，“把你的眼睛对着我，让我看看，你的目光是不是坚定的——现在回答我：我是不是迈尔斯·亨登？”

“不是。我不认识你。”

“发个誓！”

对方的答复声音很轻，但清楚：

“我发誓。”

“啊，太令人难以置信了！”

“快走！为什么还要浪费宝贵的时间？快走！救自己一命！”

她的话音刚落，几名军官冲了进来，接着发生了一场猛烈的格斗。亨登很快就被制服，被拖了出去。国王也被捕了。两个人都被捆绑起来投入了监狱。

第二十七章　狱中

牢房里人满为患。两个朋友被戴上了脚镣手铐，关进了一个大房间里。牢房里的人都是因为一点点鸡毛蒜皮的小事关在了一起，他们俩反倒有了伴了。牢房里关着二十来个人，男男女女，老老少少，都是戴上脚镣手铐、吵吵闹闹、下流丑恶之徒。国王因为天子之尊受到如此恶毒的亵渎，暴跳如雷；亨登虽愤愤不平，但还能忍气吞声。他实在想不通。他原是个高高兴兴回家的浪子，实指望他的归来大家会大喜过望，自己会受到热烈的欢迎，不曾料遭此厄运，被投入牢房。希望与现实竟是天壤之别，好不叫人痛心疾首。他不知道这是不是最可悲、最荒唐的结果。他直觉得自己就像高高兴兴、手舞足蹈地进了彩虹，结果被雷电击中。

慢慢地他那纷乱无序、痛彻心扉的思绪平静了下来，一心只想到伊迪丝。他对她的举动前前后后反复思考了一遍，从不同角度细细审视了一通，想找出前因后果，但就是得不出满意的结论。她认出他了吗？——还是没有认出？这无疑是个不解之谜，困惑了他很久很久，就是找不到合理的答案。他确信，她是认得他的，只是出于自身的利害，而不敢相认他，因而想狠狠咒骂她一顿，但是长期来，她在他的心目中一向是神圣的，恶毒的话他怎么也开不了口。

身上裹着囚犯的毯子，置身于污秽不堪的环境中，亨登和国王度过了屈辱的一晚。有的人花钱买通狱吏，能喝到酒，引起的结果自然是有唱下流小曲的，打架的，大喊大叫的，闹哄哄的。到了深夜，有个男人袭击了一个女人，狱吏还未赶到相救，他就用自己的手铐敲打那女人的脑袋，差点送了她的命。狱吏拿着棍棒对着那男子的脑袋和肩膀一顿狠揍，才平息了灾难，牢房也不再闹哄哄的了。到了这时候，只要不计较两个病人的呻吟声和喊痛声，就可以睡觉了。

接着的一个星期，日日夜夜所发生的事都是单调乏味的。白天，来过几个人，亨登对他们的面孔多少还记得一点，他们定睛看了看这“骗子”，否认了他的真实身份，侮辱了他一番。夜里，吵闹声照例响起。后来发生了一件意想不到的事，局面终于有了变化。狱吏领来一位老人，对他说：

“那坏蛋就在这牢房里，你用自己老练的眼睛仔细看看，认出他来。”

亨登抬头一看，喜上心头，入狱以来他还是第一次有这种感觉。他想：“来人是布莱克·安德鲁斯，他一辈子都在我父亲家当仆人——是个忠诚、正直的好人。不过这都是过去的事，如今再也找不到一个说真话的人了。人人都学会说假话。这人会认得我——可也跟别的人一样，会说认不得的。”

老人四顾一圈，把大家的脸先后逐个看了一遍，最后说：

“这儿我见到的都是些坏种和流落街头的人渣，哪个是他呢？”

狱吏哈哈一声大笑。

“这个，”他说，“你仔细瞧瞧这个牛高马大的畜生，再说说你的想法。”

老人走近，把亨登自上而下看了一番，看了很久，很认真，然后摇摇脑袋，说：

“老天爷，这儿可没亨登——压根就没有过这个人！”

“对了，你这双老眼还真管用。我要是修爵士，就把这下贱的家伙抓了去，然后……”

狱吏说到这儿，踮起脚尖，装出有根绳索把自己吊起来的样子，嗓子眼里还发出咯咯声，像是被憋得喘不过气来。那老头儿还恨恨地说：

“要是他不遭恶报，那就天理难容了。要是让我来处置这坏种，就让他下油锅，要不我就枉做人了！”

狱吏哈哈大笑起来，简直笑开了花，说：

“你就好好教训他一顿吧，老人家——大家都这么干的。那才好玩哩。”

狱吏说罢逍遥自在地出了牢房，再也见不到他的身影了。那老人一见狱吏离开，便双膝着地，低声说道：

“谢天谢地，你又回来了，我的主人！这七年来我一直以为你已不在人世。好哇，你到底还活着！刚才我一见到你，一眼就认出你来了。我硬着心肠假装看到的只是些坏种和街头的人渣，心里别提有多难受了。我又老又穷，迈尔斯爵士。但只要你一句话我就把真情说出来，哪怕因此被吊死，也不怕。”

“不，”亨登说，“你不能这么做。那就要毁了你了，对我的事也帮不了多少忙。可我还是要感谢你的，因为你的这番话让我对人类失去的信心恢复了一些了。”

这老人对亨登和国王其实大有帮助。因为他每天都来好几次把亨登“臭骂”一顿，暗地里带来一些可口的食物，填补牢饭的不足。他还带来一些新消息。亨登也把食物留下来与国王分享。要是吃不到这些食物，国王是活不下去了，因为狱吏提供的都是些粗劣的残羹冷菜，实在难以下咽。安德鲁斯待的时间可不能太长，免得引起怀疑，但每次都能设法捎来些消息——都是悄声低语说给亨登听的，其间又夹杂些粗言恶语，故意大声破口大骂亨顿，好让别的人听了去。

就这样，亨登家发生的事就点点滴滴地被透露了出来。原来亚瑟是六年前死的。这一损失，加上迈尔斯音讯全无，害得老亨登的健康每况愈下，他知道自己来日无多，他希望自己去世前能处理好修和伊迪丝的婚事。但是伊迪丝再三恳求，把婚期一拖再拖，指望等着迈尔斯回来。后来来了迈尔斯已死的那封信，理查德爵士深受打击，从此一蹶不振，他相信自己的死期已近，他和修坚持要把婚礼办了。伊迪丝苦苦哀求，才得以延后了一个月。后来再拖了一个月又一个月，最终在理查德临终时的病榻前举办了婚礼。结果证明这是一起并不幸福的婚姻。村里人纷纷传说，婚礼后不久，新娘很快就在丈夫的文书中发现几张那封报告噩耗的信件潦草而没有完成的草稿，因此就指责丈夫伪造了那信，以此促成婚事的举办——也加速理查德的死亡。到处都传说伊迪丝和仆人受到虐待的消息。自父亲亡故后，修爵士完全撕下了温厚的假面具，成了依靠他领地生活的人残酷无情的主宰。

国王对安德鲁斯所说的一段话特别感兴趣。

“外面传说国王疯了。可请你行行好，别说这话是我说的，因为他们说，说这话的人犯的是死罪。”

国王盯着老人看了看，说：

“好人哪，国王并没有疯——你别再说这些混淆视听的废话，倒不如去忙跟你有关的事，对你反而有好处。”

“这小孩子是什么意思？”安德鲁斯没有想到，这么个乳臭未干的小家伙居然说出这等冒犯人的大话来，不免吃了一惊。但见亨登给他使了个眼色，也就没有追究，径自“报告”下去：

“一两天内，已故的国王就要在温莎下葬了——就定在本月的十六日。新国王的加冕典礼是二十日在威斯敏斯特宫举行。”

“我想他们首先要做的事是把他找到。”国王喃喃道，接着信心十足地说，“他们会为这事操心的，我也一样。”

“老天爷……”

老人说到这里，没有继续下去——又是亨登的一个警告的眼色让他住了口。后来他又接着说下去。

“修爵士要去参加加冕典礼的——他可是满怀希望去的。他蛮有把握自己回来时就是男爵了。因为摄政王对他可宠信哩。”

“什么摄政王？”国王问。

“萨默赛特公爵大人。”

“什么萨默赛特公爵大人？”

“老天爷，除了赫特福德勋爵，还有哪个？”

国王厉声问：

“什么时候开始他成了公爵，成了摄政王的？”

“今年一月底。”

“我倒要问你，是哪个封他的？”

“他自己还有国务会议——国王也帮了忙。”

国王大吃一惊，猛地跳将起来。“国王！”他嚷嚷道，“请问是哪个国王，先生？”

“真是的，哪个国王！（老天保佑，这孩子犯病了不成？）我们只有一位国王。这事还要问吗？他就是至圣爱德华六世国王陛下——愿上帝保佑他！他也是个可亲可爱、宽厚仁慈的小孩子。不管他疯了没有——他们说他的病一天天在好转。人人都在夸他。大家都为他祝福，祈祷上帝保佑他长命百岁，多当几年英国的国王。因为他这人的心就是慈，先是救了诺福克公爵一命，现在正打算废除那些折磨和迫害老百姓的法律。”

这消息惊得国王哑口无言，立刻就陷入了深沉和痛苦的猜想中，再也听不进老人说了些什么了。他想知道，那个“小孩子”是不是就是那个小叫花子，他离宫的时候，那孩子就是穿戴着王子的衣冠的。他怎么可能成为王子呢？如果他假装自己是威尔士王子，他的举止言谈就会露出马脚——就会被赶出宫门，大家就会开始寻找真正的王子了。有没有可能他们在贵族的后代中另找一位取代他呢？不，他的舅舅也不允许他们这么做的——他可是大权在手，有能力阻止这一举动的。当然，国王并没有从这一番深思中得到任何收获，他越是想解开这个谜，越迷惑不解，越觉得脑袋又涨又痛，睡得越不好。他要回伦敦的迫切心情在与时俱增，这被囚禁的状况越来越使他难以忍受了。

不管亨登如何劝说，都宽慰不了他。但是他附近几位戴着脚镣手铐的妇女的劝说效果反而更好。在她们的好言劝慰下，他的心平和了下来，学到了一些耐心了。他非常感激她们，喜欢上她们，在她们温柔体贴的关怀下，他对她们有种亲切之感。他问她们犯了什么罪而入狱。一听说她们因为是浸礼会教友而入狱，他笑了，问：

“就因为这个而有罪入狱？我倒是因为你们很快就要与我分手而深感痛心哩。只犯了这点小小的罪过，他们很快就会把你们释放了的。”

听了他的话，她们并没有任何反应，而她们脸上的表情让他看了很不安，便急切地问：

“你们不说话——行行好，请告诉我——你们不会受到别的惩罚？请别为此而担惊受怕了。”

她们想转变话题，但是他就是放心不下，接着说道：

“他们会鞭打你们吗？不，不，他们不会这样残忍的！他们不会的，是不是？说呀，他们不会的，是不是？”

女人们流露出惊惶不安而伤心的神情。不过这次她们不再沉默了，有个女人激动地哽咽地说：

“你触动了我们的伤心处。你的心真好！愿上帝帮助我们能挺过……”

“这不是承认了吗？”国王插言道，“他们会对你们施鞭刑的，这些铁石心肠的坏蛋！哦，请不要哭，我受不了。鼓起勇气来——我会及时恢复自己的身份，救你们免受这样的毒刑。我一定要做到！”

第二天早晨国王醒来，发现那两个妇女不见了。

“她们得救了！”他高兴地说，不久他又垂头丧气地说：“可倒霉的是我——有她们在我能得到些安慰。”

她们临走的时候都在他的衣服上别了一根丝带，作为纪念品。他说，这些东西他要永远保藏好。他很快就能把自己的这几个好朋友找到，好好照顾她们。

这时候狱吏带着自己的下属进来，命令他们把犯人全领到监狱的院子里。国王喜出望外——能再次见到一角青天，呼吸到新鲜的空气，岂不是件大幸事！他对这些狱卒办事慢手慢脚非常不满，大发脾气，终于轮到他出来放风了，命令他与亨登一起，跟着别的囚犯一起出了牢房。

牢房外的院子呈四方形，是露天的，地上铺着石块。囚犯们先穿过一道高大的石砌拱门，让他们排成一长队，背靠墙壁。他们的面前都拦着绳子，还有看守监视着。院子里寒气刺骨，乌云低垂。夜来下过一场小雪，把这个空荡荡的硕大空地染得一片雪白，让四周的气氛显得越发凄凉。时不时吹来一股刺骨的寒风，处处扬起片片雪花。

院子中央有两名妇女，被绑在柱子上。国王一眼就认出，她俩就是自己的好朋友。他禁不住身子一阵哆嗦，暗自说道：“天哪，她们不像我想的那样，没有被释放出去。她们这样的人都要受鞭刑——不是在信邪教的国家，而在英国——实在可耻，太难以想象了！她们就要受鞭打，而我，这个受过她们安慰和好心的人却只能冷眼旁观，看她们遭受莫大的冤屈。我这个大国的君主，大权在握，却无可奈何，保护不了她们，岂不是件咄咄怪事！这些胡作非为者，你们等着瞧吧，总有一天你们要为自己的所作所为付出代价的。现在你们每下一鞭，将来要一百鞭来偿还。”

一扇大门被打开，一群百姓拥了进来，挤挤挨挨，围着那两个女的，挡住了国王的视线。进来一名牧师，挤过了人群，也看不见了。国王只听到前前后后的人语声，像是有人在问，有人在答，却听不清问些什么，又答些什么。接着听到人声喧哗，忙着做准备工作。那些狱卒不停地在远离那两个女的那部分人群中进进出出，这过程中，人们渐渐地静下来。

一声令下，人群散了开去，退到了一边，眼前的景象把国王吓得骨髓都冷透了。原来那两个女人周围已堆起了许多柴火，一个人正跪着把柴火点起来！

两个女人低垂着头，双手掩面，柴火发出噼噼啪啪声，黄色的火苗从中往上蹿，阵阵蓝烟顺风飘散开来，那牧师举起双手，祈祷了起来。就在这时候，大门外闯进两名年轻的女孩，发出凄厉的尖叫声，接着扑倒在火刑柱前的两个女人身上。狱卒见状立即过来把她俩拖开，其中一位姑娘被紧紧抓住，另一位挣脱了开去，说要与自己的妈妈一起死。他们来不及拦住她，她又抱住了妈妈的脖子。她再次被拉开，但她的外衣已着了火。她被两三个男子抓着，扯掉她着了火的那一片外衣，扔在了一边。她拼死挣扎着，嘴里说着，如今她在这世上已是孤苦伶仃的一个人了，恳求让她与妈妈一起死去。两名姑娘一直大喊大叫，挣扎着。但是这声声叫喊声还是被临死之人那撕心裂肺的惨叫声所吞没，国王的目光从两名发了疯的姑娘身上转向火刑柱，然后又转过身去，他那死灰色的脸靠到墙上，再也不忍睁开眼睛看了。他说：“我在这短短的几分钟所看到的情景，永远也不会忘记，一直会留在我心间。白天我会见到，夜里会梦见，至死不忘。上帝啊，不如让我的眼睛瞎了吧！”

亨登一直注视着国王。他暗自高兴地说道：“国王的病治好了，你看他变了，变得平静了。要是依他过去的脾气，他一定会冲着这班恶人大发雷霆，会说自己是国王，命令他们把两个女人毫发不损

地放掉。他的幻觉很快就会过去，被他忘了。他那可怜的脑子又恢复正常了。上帝，让这一天快来吧！”

就在这一天，又被带进来几名囚犯来过夜。他们都要由士兵押着，送往王国的不同地方去，接受他们与他们所犯的罪行相应的惩罚。国王与他们作了交谈——他打定主意，一开始，只要有机会，就要问明这些囚犯的来历，借此好让自己增长见识，有助于以后好好治理国事——他们的悲惨故事深深刺痛他的心。其中有名智力不健全的女人，偷了织布匠的一两码布料——她被判了绞刑。还有一名男子，因偷了一匹马被告上法庭。他说控告他的证据不足，他是可以免被绞死的，不料就在他被无罪释放的时候，有人告他打死了宫苑里的一头鹿，他又被传讯，这回证据充分，他这就要上绞架了。又有一名工匠的徒弟，他的案子特别伤国王的心。年轻人说，一天晚上他发现一只鹰从主人那里逃掉了，他去把鹰捉了回来，他以为这下那鹰该归他所有了。但法庭判定他偷了鹰，判他死罪。

国王对这些非人道的惩罚大为愤怒，要亨登越狱，跟他一起回威斯敏斯特宫，他好坐上王座，拿起权杖，赦免这些可怜的人，救他们一命。“可怜的孩子，”亨登叹息道，“唉，听了这些悲惨的故事害得他又旧病复发了，要不是没遇到这些倒霉的事，他的脑子本可以很快就会正常的。”

这些囚犯中有位老年的律师——这人神色坚定，行事无所畏惧。三年来，他写了一本反对大法官的小册子。于是他被控告对人不公，被判有罪，被戴上枷，割掉一只耳朵，被取消了律师的资格。外加被处三千镑的罚金，判了无期徒刑。近来他又旧罪重犯，剩下的一只耳朵也被割掉，罚金五千英镑，两颊烙上火印，无期徒刑继续执行。

“这些伤疤都是光荣的标志，”他说着把那灰白的头发拨开，露出两边原有耳朵所在的残缺部分。

国王听了眼冒火光。他说：

“谁都不相信我——你也一样。不过这也无妨。不出一个月，你就自由了。但更重要的是，害得你蒙冤受屈，令英国无地自容的那些法律将被从法律大典里清出去，这世界已被弄得七颠八倒，做国王的都要上学学学自己制定的法律，学会仁慈待人。”

第二十八章　代人受罚

再说亨登，他对这几天行动不自由、无所事事的监禁生活厌倦透了，好在就要开庭审判他了。他心想，不管如何判他，只要不继续把他关在牢里，他都欣然接受。可是他想错了。他被法官称作"固执的流氓"，又袭击了亨登宅邸的主人，就被判戴上手枷，坐两小时示众，他听了怒火中烧。他自称与控诉人是兄弟，有权继承亨登家族的爵位和财产，但他的这一诉求被嗤之以鼻，不被理会，简直就像是根本不值得调查真假似的。

他在去受刑途中，义愤填膺，口出狂言，但都无济于事。几名狱卒粗暴地拖着他，偶尔还因为他不敬的举动，挨过揍。

国王没法从跟着的一大堆黑压压、挤挤挨挨的人群中挤上前去，只好落在了后面，远远地看着自己的好朋友和仆从。国王差点因自己结交这样的坏朋友而受戴枷之罪。姑念他年小，结果被教训了一顿，接受了警告才得以被释放，侥幸逃脱一劫。人群终于停了下来，他在人堆外围左冲右突，想找个地方好挤进去，吃了不少苦头，花了好长时间，到底成功了。他看见自己的随从可耻地戴枷戴铐，成了一群乱哄哄肮脏邋遢暴民讥笑怒骂的对象，难道英国国王的亲信随从会落到这样的境地吗？对他的判决爱德华刚才听到了，但对其中的含义他只是一知半解。他的内心又一次感到被深深地侮辱了，便燃起了冲天的怒火。他看见自空飞下一只蛋砸在亨登的脸上，又听见有人叫叫嚷嚷，为这种行为叫好。他已怒不可遏，奔

到了圆场中间，冲着行刑的狱警喊道：

"可耻！他可是我的仆从……放了他！我是……"

"别说了！"亨登惊慌之余，嚷道，"你会毁了自己的。别理会他，警官，他是个疯子。"

"理不理会，用不着你操心，老弟，我才没心情理会他哩。不过为了教训他，我才想理会他。"那执法官说罢转而对一名下属说，"你给这小傻瓜一两鞭子尝尝，让他注意点自己的举止。"

"抽他六七鞭子才够他受的。"说这话的是修爵士，他刚骑着马过来，顺便看看用刑的情况。

国王被抓了起来，他甚至没反抗，只是呆呆地惊住了，一心想着：居然有人胆敢提议对龙体动粗，太骇人听闻了。史书上有过记载，说是英国国王曾被人用鞭子抽打，这不失是对历史的玷污。一想到要他再重演一次这可耻的丑事，是可忍孰不可忍！可现在正是他落难之时，孤立无援，他只能接受惩罚，或求饶，两者必居其一。这果真是两难的抉择。看来只能接受挨鞭子了，身为国王只能这么做，决无求饶的余地。

但是这时，迈尔斯·亨登正在设法解决这难题。"放了这孩子吧，"他说，"你们这些没心肝的狗崽子，你们没看见他是个身体多么单薄的小孩子吗？放了他——他的鞭子我来替他挨。"

"老天爷，他想得还真妙——还真该谢谢你了，"修爵士奚落道，他得意洋洋，容光焕发，"放了这小叫花子，赏这家伙十几鞭，扎扎实实十几鞭，毫不手软。"国王龙颜大怒，正要提出抗议，但是修爵士说了一句颇有说服力的话，让他开不了口，"好哇，你说吧，尽管说，不过听好了，你再说一个字，他就多挨六鞭以上。"

他们把亨登身上的刑具解下。他光着背。每次鞭子一落下，国王就转过脸，顾不得国王的尊严，泪水哗啦啦雨点般从双颊落下，怎么也抑制不住。"啊，这勇敢的心，"他默默地暗自说道，"我要永远记住他这高尚的行为，永记不忘——他们也忘不了！”他动情地又补充了一句。就在他沉思之时，他对亨登壮举的认识越来越广，越来越深，对他产生无限的感激之情。他还想到：“是谁挽救我免受伤害，避免了死亡——是他；是他高尚地为我而尽力。但这还算不得什么——微不足道！他挺身而出，使国王免受屈辱，与这壮举相比，这些甚至可说是无足挂齿！”

挨鞭刑时，亨登不吭一声，他以军人承受苦难时的坚韧精神挺过了毒打。此外，他替这孩子挨鞭刑，凡此种种让那些聚在这里看热闹的无聊、卑贱的看客深受感动。他们的叫骂声和嘲弄声渐渐地少下去，最后听不见了，听到的只有鞭子下落时发出的啪啪声。亨登又被戴上刑具，四周鸦雀无声，这与不久前那闹哄哄、喧闹的场面形成了强烈的对照。国王悄悄地来到亨登跟前，低声耳语道：

“没一个国王能表达出对你的赞叹之情，你的心太好，太伟大了，只有比国王身份更高的上帝才能赞扬得了你。做国王的只能做到对世人表达出你的崇高。”他说罢从地上捡起一根鞭子，轻轻地碰了碰亨登那鲜血淋漓的双肩，低声说：“英王爱德华册封你为伯爵！”

亨登深受感动，他的眼睛里泪如泉涌。但是在这种异常怪异的环境和气氛下，外表上是难以表达自己的庄重之情的，只能把禁不住要笑的心情默默地放在心中。一个光着背脊，鲜血淋漓的人，突然间从一个戴枷的犯人荣升到风光无限的伯爵的高位，在他看来完全不可思议，简直是荒谬至极。他暗自想道：“现在的我果真是在做美梦，梦幻王国的幽灵爵士成了幽灵伯爵了！一只羽毛未丰的鸟儿，稚嫩的翅膀飞起来难免觉得眼花缭乱，要是继续下去，我就像装饰着华而不实的装饰物和虚假的荣誉的五月节花柱。但是我要珍惜这份情意，虽然它们一文不值，我还是要把他所表达出的情意，当作宝贝珍藏心中。我这些可怜而空虚的荣誉可是来自一只纯洁的手和一颗正直的心，而不是我强求来的，这比那些凭着卑颜屈膝的手段，从吝啬、凭关系封赐的国王那里得到的真实的爵位强多了。”

万众畏惧的修爵士调转马头，策马飞奔而去，那人墙就默默地分开，让他过去，很快又合拢了。这种默默无声的局面继续了一会儿，没一个人敢替亨登说一句好话，或称赞他一声。但是这有何妨，只要没人骂他就知足了，足以表达出对他的敬意了。一个后来的人，因为不了解当时的情况，对这“骗子”说了几句讽刺挖苦的话，正要把一只死猫朝他扔过去，不料二话没说，被人打倒在地，赶了出去。接着又是一片沉默无声。

第二十九章　到伦敦去

亨登受完枷刑后，被释放了，命令他立即离开故乡，不得再回来。他的佩剑、骡和驴都还给了他，他骑上骡子走了，国王跟在他后面。人群默默地让出路来，纷纷向他致敬，他俩走后，大家就各自回去了。

不久亨登陷入了沉思。有几个至关重要的问题亟须解决。他该怎么办？要去哪里？务必找个地方得到强有力的帮助，否则只能放弃继承权，而且还要背负“骗子”的罪名。哪里有望找得到这样的强有力的帮助呢？真的，哪里去找呢？这确实是个棘手的难题。渐渐地，他想到了这样一个机会——渺茫中最渺茫的机会，但还是值得一试，此外再也无路可走了。他想起了老安德鲁斯提起小国王，说他如何心地善良，如何要给那些蒙冤受屈不幸者慷慨相助的话。为什么不找他谈谈，以求让他帮助自己得到公正呢？可是像他这样怪模怪样的穷汉子见得了威严的皇室吗？不妨——这事且顺其自然吧。这是条他非走不可的路。他是位老军人，精于随机应变，无须怀疑，他总会找到应对的办法的。是的，他还是直奔京城吧。也许，他父亲的老朋友汉弗莱·马洛爵士会助他一臂之力——“好心的老汉弗莱爵士，要么就是前御厨或御厩总管之类”——迈尔斯怎么也想不好究竟是哪一个头衔。既然他的决心已定，追求的目标已清楚在心，之前笼罩心头的那羞辱和灰心丧气的迷雾便随之一扫而光了。他昂起头，打量着四周，想不到的是那村子早已被他抛到身后，他居然跑了那么远的路了。国王垂着头，慢慢地跟在他身后，因为他也在筹谋划策，深入思考。亨登方才还是兴致勃勃，此刻心头又袭上一种担忧。这孩子短短的人生中，在那个大都会里，除了受到虐待，吃尽了苦头，此外什么滋味也没尝过，他还愿意去那里吗？这事得问问他。这是个不能回避的问题，所以亨登便勒紧马头，大声问：

“我刚才忘了问你，我们该去哪里。你下旨吧，陛下。”

“去伦敦！”

亨登重新起程，这回答令他十分满意——但也令他深感意外。

总的来说，这一路平淡无奇，只是快到终点出了一件事，值得一提。那是过了二月十九日之后的一个晚上，约莫十点钟，两个人踏上了伦敦桥，汇入了万头攒动、熙熙攘攘、吵吵闹闹、大呼小叫的人群之中，一张张喝得醉醺醺、非常亢奋的脸孔在种种火把照耀下显得分外鲜明突出——这时候某位前公爵或大公的白发苍苍的脑袋忽然掉落在他俩之间，先是碰到了亨登的胳膊肘，然后又滚到步履匆匆、杂沓的人腿间。世人的踪迹竟是如此飘忽不定，来去无常！前国王去世只有三个星期，九泉下还只待了三天，那些他生前从精英中千辛万苦挑选出来装饰品便纷纷从他那高贵的桥上跌下。一位平民跌跌撞撞跨过了这颗脑袋，他自己的脑袋撞到了前面人的背脊上，那人又转而撞倒第一个从身旁经过的人，他旋即被那人的朋友打翻在地。这是个放手斗殴的大好时机，因为第二天的喜庆——国王加冕典礼——已经开始，人人都灌饱了烈酒，忠君爱国热情洋溢。只消五分钟，大部分地面就挤满打架的人了，再过十到十二分钟，就遍布整个区域，形成了一场混战。就在这时候，亨登和国王彻底地被冲散了，消失在喧嚣、拥挤、混乱的人群中，所以暂且按下他俩不表。

第三十章　汤姆有了长进

且说货真价实的国王，一身褴褛，粗劣的饭菜充饥，东闯西撞，不是挨流民的殴打，受他们的奚落，就是跟盗贼和杀人犯一起坐牢，大家都有根有据地把他叫作白痴和骗子，而那个冒牌国王汤姆·肯逊的经历却有天壤之别。

上次我们见到他时，他的帝王生活还只是露出其中的一个光明面，这一光明面正日益异彩纷呈，用不了多久，就变成阳光普照、无限欢乐的局面了。他不再觉得担惊受怕，再也找不到丝毫的焦虑不安了。他的举止再也见不到手足无措，而显得从容自如，自信大方了。他把那代鞭童当作一座矿山，从中获益匪浅。

在他想玩或与想人说说话时，就把伊丽莎白和简·格雷公主召来，尽兴了就打发她俩走，那架势就好像他一向就习惯于这么做的，做起来轻车熟路。在与他告别时，两位公主都要亲吻他的手，他也不再觉得尴尬了。

他渐渐地喜欢晚上在被引着去睡觉时摆出一副高贵的架势和早上更衣洗漱时的那一套烦琐而复杂的程序。去用餐时，有一长串穿着丽装华服的官员和卫士侍候，这排场令他踌躇满志，洋洋自得，因此，他尚嫌卫士人数不足，特意加倍，竟达百人之多。他喜听长廊里乐队的号角声和远处与之呼应的“给皇上开道！”的吆喝声。

他学会了欣赏坐朝时的乐趣，乐于做摄政王的传声筒。他喜欢

接见外国的高级使臣和他们穿着盛装的随从，听着他们带来的那些与他称兄道弟的赫赫有名的国王情深意厚的问候。啊，来自垃圾大院的汤姆该多幸福！

他欣赏身上的华装丽服，尚嫌不足，还要购置；他认为四百名仆人还不足以显摆威风，又增加了两倍；大臣们跪拜时发出的奉承阿谀之词他听来如仙乐悦耳；他一如既往的仁慈、宽厚，他决心做被压迫者坚定的保护者，与那些不公的法律作不倦的斗争；他一旦被惹恼了，不管你是伯爵还是公爵，都要瞪他一眼，吓得对方胆战心惊。有一次，他的“皇姐”，那位阴险的血腥玛丽，亲自出马，认为他对那么多本该坐牢、绞死或遭火刑的人过于宽宏大量，对此她说三道四，提醒他说，他那位威严的先王，有个时期，关在牢房里的犯人就达六万之众，在他万众称颂的在位时期，就有七万两千名盗贼被判死刑。这孩子满怀慈悲之心，听了义愤填膺，命令她闭门思过，祈求上帝去掉她的铁石心肠，赐给她一颗仁慈之心。

想起那位可怜的真正王子，当年对他那么仁慈，怀着一片火辣辣的热情，飞奔到宫门口，向侮辱他的宫廷卫士为他报仇雪恨，莫非汤姆·肯逊从来没问心有愧吗？是的，他有过。在他最初度过的皇家生活的日日夜夜，他一想起失踪的王子就心如刀绞，真心实意盼望他归来，恢复他原有的权力和荣华富贵。但是随着时间的流逝，还是不见王子的身影，而这迷人的新生活越来越使他陶醉忘形，而音讯全无的王子在他脑子里几乎销声匿迹了。最终，即使有时王子的身影来干扰他的思想，也成了不受他欢迎的幽灵，因为他让汤姆感到内疚和可耻。

汤姆的母亲和两位姐姐也遭到同样的命运，被他遗忘了。开始时他还思念她们，为她们而忧伤，渴望能见到她们。但久而久之，一想到要是有朝一日，她们穿着破衣烂衫，脏巴巴地来找他，亲吻他，把他从高高的王位上拉下来，拖着他重过穷困潦倒、卑贱的生活，再去住贫民窟——一想到此，不由吓得他不寒而栗。最后这些想法再也不来困扰他了，他的日子过得心安理得，甚至可说是欢天喜地。此后，每当他的面前出现他们几个人的抱怨和忧伤的面孔，他就会产生比对蠕动的蛆虫还要厌恶的恶感。

二月十九日夜半，汤姆·肯逊在宫中华丽的卧榻里甜睡着，左右有忠心耿耿的仆役守护，笼罩在皇家的华丽高贵的气氛之中，好个幸福的孩子！第二天就是被指定为他举行庄重的加冕典礼的时间。就在同一时刻，爱德华，这位真正的国王，饥寒交迫，满身污垢，浑身湿漉漉的，颠沛流离之后已筋疲力尽，破衣烂衫——这是刚才那场斗殴中他的收获。这时候他混在一群看热闹人中间，兴致勃勃望着一队队工匠正从威斯敏斯特大教堂进进出出，他们正为新王的加冕典礼的准备工作忙得不亦乐乎。

第三十一章　新王受贺

第二天早晨，汤姆一觉醒来，只听得外面人声鼎沸，远远近近都笼罩在这雷鸣般的声响之中。在他听来仿佛如乐声悦耳。这意味着整个大不列颠王国的臣民都兴高采烈地出来，忠诚地迎接这个盛大的日子

不久，汤姆再次成为这艘泰晤士河上游弋着的御船的主角。按古老的传统，“巡幸受贺”的行列要从伦敦桥出发，穿过伦敦旧城，这时候他就在去那里的途中。

他一到达，那些古老的城堡四面八方就像是被撕成了千百块碎片，每块碎片间都蹿出一股股红的火舌和一股白烟，紧接着响起一阵震耳欲聋的爆炸声，吞没了万众的欢呼声，震得地动山摇。喷发出来的火焰、白烟和爆炸声一再出现，间隔特别短暂，效果神奇，所以那古老的伦敦塔片刻间就在自己散发出来的浓烟中消失得无影无踪，能见到的只有它那被叫作“白塔”的高高塔尖。“白塔”，连同那些彩旗，高耸在滚滚的烟雾中，特别引人注目，宛如突出在云堆之上的山巅。

汤姆·肯逊盛装打扮，骑着雄赳赳的战马，马身上华丽的装饰物都要触到地面了。他的舅舅，那位摄政王萨默赛特也骑着一匹类似的骏马，紧跟着他。国王的左右是一单排卫队，他们都披着亮晃晃的盔甲。摄政王后面是一长串望不到边的贵族，个个光彩夺目，各有其仆从相随。他们身后是市长和市参议员的队伍，他们都身穿

天鹅绒暗红袍子，胸前金链子闪烁。随后是伦敦各行各业的行会职员和会员，他们也穿戴讲究，举着各自行会的鲜艳旗帜。此外，在游行队伍中还有古老的享有殊荣的炮兵连，权作是穿过城区时的特种仪仗队——这支部队已有三百年的历史，是英国唯一享受特权、不听命于国会的队伍（这一特权还延续至今）。这场面够壮观的了。威风凛凛的队伍所过之处，万头攒动，雷鸣般的欢呼之声不绝于耳。史书记载："国王进城时，市民夹道欢迎，祈祷声、欢呼声、呐喊声和祝福声此起彼落，种种迹象表明，国王受到他治下百姓的真诚的爱戴。国王也高抬着头，喜气洋洋，对着远处的人，对站得近旁的人也就说了些亲切的话语，足以表达他深切的爱民之心，也表示他已领受百姓对自己的祝愿，并对他们的好意深表感谢。百姓祝愿'上帝保佑皇上'，他也报之'上帝保佑你们大家'，并加上一句他'衷心感谢他们'。百姓听到国王这种仁慈的回答，看到他那亲切的手势，无不欢声雷动。"

到了芬丘奇街，"一位漂亮的男孩，身穿华丽服装"，站在高台上，欢迎皇上光临，他祝词的最后一句是：

欢迎您，国王！全心全意欢迎您，
欢迎您，千言万语欢迎您，
欢乐的语言说不尽，跳动的心跳不停，
我们期待上帝保佑您，保佑您健康长寿！

百姓异口同声，高兴地欢呼，重复着那孩子刚才朗诵过的诗句。汤姆·肯逊瞪大眼睛注视着这波涛汹涌般的人山人海，注视着那一张张激动的脸，他也心潮澎湃，喜不自禁，只觉得做一回国王，做个举国民众崇拜的偶像不失为一生最有意思的事。后来他抬头远眺，见到两个当年垃圾大院衣衫褴褛的玩伴——其中有一位就是他当初那个假扮过朝廷里的海军大臣，另一个是在同一幻境中的侍寝大臣。这一次他的得意劲儿更是与上次不可同日而语。哦，要是现在他们认出他来那该多好！如果他们认出他，那该有无法言表的荣耀。他们就会意识到，贫民窟和冷街背巷里的冒牌国王如今也成了货真价实的国王了。左右有声名显赫的大公、王子做自己谦卑的仆从，全英国都是他的天下。但是他不能承认自己从前的身份，一旦承认，必将付出高昂的代价，吃不了兜着走了。于是他转过脸，让两个满身污垢的孩子喊着嚷着，竭尽赞颂奉承之能事，走过去，却没有意识到自己所欢呼赞颂的是谁。

时不时响起这样的喊声："赏个小钱！赏个小钱吧！"汤姆听了便不时向人群撒出一大把亮晶晶崭新的硬币，让大家你争我夺。

史书记载道："在格雷斯丘奇街的一端，在大鹰的标志前，建造了一座高耸着的宏伟拱门，拱门下搭着一座台子，台子从街的这一边延伸到了另一边，这是个具有历史意义的看台。台上展示了国王上几代人。其中有约克王族的伊丽莎白，坐在一朵硕大的白玫瑰花下，花瓣成了精致的裙褶。她旁边是亨利七世，从一朵大红玫瑰花里伸出身子来，姿态与她一模一样。这对皇家配偶手挽着手，结婚戒指甚是耀眼。从这两朵红白玫瑰花里伸出一根茎，达到了第二层展台，那里坐着亨利八世，他的身子是从一朵红白相间的玫瑰花里露出来的，他身旁的塑像是新国王的母亲简·西摩。这一对夫妇之间又伸出一根茎，伸到了第三层展台，展台上是爱德华六世的塑像，他穿着国王的盛装，端坐在王座上，整个展台用红白玫瑰编成的花环环绕了起来。"

欢乐的人群见到这一奇妙绚丽的展台兴奋异常，发出震耳的欢呼声，完全压倒了那个用歌功颂德的诗句来赞颂这些塑像的小孩的朗诵声了。但是汤姆·肯逊并不因此而感到遗憾，因为这种忠诚的呼声，不论出自什么目的，在他听来都是比诗歌还要动听的音乐。

他那年轻而快乐的脸不论转到哪个方向，大家都看得出，他那脸和塑像长得一模一样，是塑像的一个活标本。新的欢呼声又一次如旋风般席卷过来。

盛大的游行队伍继续前去，过了一座又一座凯旋门，道路两旁有许多令人眼花缭乱的造型，场面壮观，富有象征意义，无不展示这位小国王的某种品德、才能和特长。在契普赛街，整条街的沿街房屋和窗子都挂着旗帜和彩带，街两旁点缀着五彩缤纷的绒毯、毛料和金丝缎——用来炫耀商店里的大量财富。其他街道的情景也是如此，有的甚至有过之而无不及。

“原来摆出这么多奇珍异宝，是为了欢迎我的——欢迎我的呢！”汤姆·肯逖喃喃自语。

冒牌的国王兴奋得红光满面，眼睛亮晶晶的，整个人高兴得处于神魂颠倒之中。就在他举手要抛出赏钱之际，一眼瞥见一张苍白而吃惊的面孔，从第二排人群里使劲伸出来，一双专注的目光紧盯着他。他只感到一阵惊慌失措。他认出那是自己的妈妈！他把手一举，掌心朝外，挡住眼睛——这是他过去一种不由自主的动作，原来是由一件早就忘了的意外引起的，后来成了他的一个习惯。刹那间，她已经从拥挤的人群中挤到前面来了，冲过卫队，到了他跟前。她抱住他的腿，连连亲吻起来，嘴里大声道：“哦，孩子，我的宝贝！”她抬起头，那脸因高兴和深深的爱意而变了色。说话间，一名卫队的军官大骂一声，抓住了她，用他那强壮有力的胳膊猛推了她一下，推得她踉踉跄跄地回到了原处。在这可悲的事件发生过程中，汤姆·肯逖说了这么一句话：“我不认识你，你这女人！”但是眼看着自己的母亲受到这样的侮辱，他的心也是不好受的。她回头，正要最后看他一眼，人群却吞没了她，害得她再也见不到他了。看她那悲痛欲绝、深受屈辱的样子，他也为自己而痛感可耻，扬扬得意之情顿时化为灰烬，那偷窃而来的国王的荣耀也烟消云散，那荣华富贵也变得一文不值了。这一切就像碎布片纷纷从他身上掉落了下来。

出巡仍在进行，队伍继续前进，所到之处越来越繁华，民众的呼声越来越响亮。但在汤姆·肯逊眼中，这一切仿佛都不存在了，他已一无所见，一无所闻了。皇家的威风已失去其光彩和甜蜜，那些壮丽的场面变成了对他的羞辱，悔恨正啃噬着他的良心。他说："但愿上帝让我早早摆脱这被囚禁的境地吧！"

不知不觉间他恢复了他做国王最初几天所有的说话腔调。

出巡的队伍像一条光辉灿烂，前见不到头、后见不到尾的巨蛇，曲曲折折，继续蜿蜒向前，在这座古怪而古老的城市里穿街过巷，从欢呼的人群中过去。但是国王骑着马，耷拉着脑袋，眼睛茫然无光，见到的只是母亲的脸上那双受伤害的眼睛。

"赏个小钱！赏个小钱吧！"那已失去听觉的耳朵钻进了这么一句喊声。

"英国的爱德华万岁！"这呼喊声地动山摇，但国王对此却毫无反应。在他听来那只是远方来的涛声，而且已被另一种声音压倒了，那声音离他更近，就是自己胸膛里那声声良心发出的谴责声，反复说出那句可耻的话："我不认识你，你这女人！"

这话嘲弄了国王的良心，那仿佛是听到为自己朋友所鸣的丧钟声，那朋友可是他亲手用阴谋诡计害死的呀。

每到一个新的地方，就出现新的壮丽的场景。新的奇观、新的场面纷纷映入他的眼帘，响起等在两旁的人的欢呼声。久候者嘴里呼喊出的是狂喜的呼声，但是国王已毫无表示，他听到的只有不安的胸膛里发出的谴责声，声声如痛苦的呻吟。

渐渐地，人们脸上的喜色稍见减少，却浮上了一抹焦虑不安的神情，欢呼喝彩声也显得稀稀落落起来。摄政王很快就发现了这一现象，迅速找到了原因。他催马来到国王身旁，坐在马上，低下身来，说：

“皇上，现在可不是分心做梦的时候。民众看见您低着头，满脸愁云，他们会认为那是不祥之兆。请听我一句劝，皇上的气度要像太阳一样大放异彩，照在这些不祥的迷雾之上，把它驱散。抬起头，笑着面对百姓。”

公爵说着，把大把的钱币向左右撒去，然后回到自己的位置。冒牌的国王按吩咐照着做，他的微笑不出自真心，但是人们离他远，也不会那么细心，所以没人发现。他对百姓答礼的时候，那插着翎毛的脑袋点着点着，就像是对自己的臣属那样，显得高雅而仁慈。他亲手撒出去的赏钱也是大把大把的，不愧出自皇家之手。所以百姓脸上焦虑不安的神色不见了，欢呼声又像原来那样，响亮地爆发出来。

但是快到出巡尾声时，公爵再次骑马过来，低声提醒他：

“哦，敬畏的皇上！请去掉扫兴的神气吧，普天下的人都在看着您哩。”接着他极懊恼地说：“那疯叫花子婆子真该下地狱！是她搅扰了皇上的好心情。”

那盛装华服的人对公爵投过去无精打采的目光，有气无力地说：

“她是我妈妈！”

“天哪，”摄政王骑着马，回到原来的位置后，说，“那预兆果然灵验，他又疯了！”

第三十二章 加冕大典

我们且倒退几小时，在这值得纪念的加冕大典举行的日子，清早四点钟，回到威斯敏斯特教堂。这时候可不是冷冷清清的。虽然这时候还是夜里，还能见到点着火把的看台上挤满了人，他们都心甘情愿地规规矩矩坐等七八个小时，等到国王加冕典礼开始——这恐怕是他们一辈子难得一见的盛典。不是吗，自从凌晨三点钟预告的炮声响起后，伦敦城和威斯敏斯特宫就忙乱起来了，大群大群没有官爵的富人涌到看台的入口，设法买来雅座。

时间一小时一小时慢慢拖过去，实在枯燥难熬。这时候早就没有了先前的那一片骚动了，因为所有的看台的雅座早已人满为患了。我们只能站着，百无聊赖中东张西望、胡思乱想一番，虚度时光。通过大教堂暗淡的灯光，可以从不同角度看见许多看台和楼厢的一角，那里都挤满了人，看台和楼座的其他部分由于受到柱子和其突出部分的影响，挡住了视线，是看不见的。但是北边的交叉甬道还是能一览无余的，那里却空无一人，因为那是为英国的特权人物所设立的专座。还可以看得见宽敞的教坛，铺着讲究的地毯，国王的宝座就设在那教坛的中央，高高的，登上四级台阶才能上去。宝座里放着一块扁平粗糙的石头——那就是斯康加冕石 。从前有多位苏格兰国王在那上面加冕，所以后来成了一块神圣的石头，因此足以适合英国国王坐在它上面加冕。宝座和它的踏脚凳都蒙着金丝锦缎。

大教堂里一片寂静，火把发出朦胧的光，时间被痛苦地熬过去。姗姗来迟的曙光终于露面了，于是火把被熄灭，柔和的阳光把教堂各处照得通亮。这时候这雄伟建筑的全部面目便历历在目，但还给人一种如梦似幻、虚无缥缈的感觉，因为这时候太阳还笼罩在薄薄的云层之中。

七点钟，单调、沉寂的气氛第一次被打破。七点钟的钟声刚一响起，一位贵族夫人首先走进交叉甬道。她的装束之华丽足与所罗门的衣装媲美，在一位穿绸缎的官员引领下，上了自己的专座。她身后一直跟着另一位同样盛装的官员，提着她的长裙，待她就座后，他便把她的长裙叠在她的膝盖上，然后按她的吩咐把她的踏脚凳放好，再把她的花冠放在最适当的位置上，以便在众贵族一齐复冠的时候，她顺手拿到。

这时候，其他的贵夫人满身的珠光宝气，亮闪闪的川流不息地到来，于是处处闪烁着穿绸着缎的官员们的身影，纷纷引领贵夫人们入座，侍候得她们个个称心如意。现在的场面已经相当热闹了，处处人来人往，生气勃勃且色彩缤纷。过了一会儿，又是一片寂静。因为贵夫人们都已到齐，各就各位。这里已成了人的花海，五颜六色，色彩纷呈，宛如天上缀满宝石的银河。来者各种年龄都有：有肤色棕黄、皱纹纵横、白发苍苍的贵族寡妇，她们能使时光倒转，追溯起理查三世的加冕盛典，回忆起那个已被人遗忘年代的艰难岁月；有风韵犹存的中年妇人，有年轻标致的贵妇，也有青春貌美、温柔的姑娘，她们目光炯炯，喜气洋洋，身材姣好，伟大的时刻一到，她们可能会把镶着宝石的花冠戴得稀奇，她们由于年轻，没见过这种场面，更由于兴奋过度，举止不免有些出格。不过这种事也可能不会发生，因为这些少女梳头的时候，特别注意把头发梳成适当的形式，免得号角声起时，手忙脚乱，戴不好花冠。

上文说到，这一排排坐着的贵妇人都是满身的珠光宝气，也说到那场面甚是奇特——可是还有更令人惊奇的。约莫到了九点钟，突然间云开雾散，一道阳光划破柔和的天空，慢慢地顺着那一排排妇女照过来，每一排但凡触到阳光的人无不像燃烧着的火焰，色彩缤纷，炫人眼目。人们就像触了电似的，因为见到这奇妙的美景，连指尖都要颤抖起来！很快一个来自东方某一偏远国度的特使和其他的外国大使们一起走了进来，走过了这道阳光，浑身反射出闪闪发亮、上下跳跃的光彩来，看得我们大气也不敢出。因为他们自头至脚缀满宝石，身子稍一转动，都要向四面八方放射出一片跃动的光彩。

且换个轻松的话题吧。时间慢慢地过去，一小时又一小时，过了两个半小时，一声轰隆隆的炮声报告说，国王和他的皇家队伍终于到了。久等的人们欢腾了起来。大家都知道，还得等一会儿，因为还要为皇上做些准备，他要为这一盛典穿上礼袍。但是这片刻的延误是令人愉快的，因为全国来参加大典的贵族们这时候都是穿着礼袍一齐来了，他们都按礼仪规定一一被引领到各自的座位上，他们的冠冕也都放在顺手可拿的地方。与此同时，看台上的人都变得兴致勃勃起来，因为他们中多数人还是平生第一次亲眼见到公爵、伯爵和男爵，虽然他们的姓氏已流传了五百年之久了。大家各就各位后，看台上和占有有利位置的人就可以把他们看得一清二楚了。何等辉煌的场面，值得一看，值得牢记不忘。

现在那几位身穿法衣、头戴法冠的教会首领和他们的随从鱼贯而上教坛，各就各位。随后而来的是摄政王和他的大臣，跟在他们后面的是一队钢盔铁甲的皇家卫队。

又等了一会儿。接着号角声起，乐队奏起了喜洋洋的乐曲，汤姆·肯逖身穿金丝缎的长袍出现在门口，上了教坛，在场的人无不站立起来，随即承认国王的仪式开始。

接着是一首庄严的赞美歌唱起，声浪滚滚，席卷整个教堂。汤姆·肯逊就在这首赞美歌的先导和欢迎下，被引到了宝座上。古老的仪式在继续中，其庄严的气氛给人留下深刻的印象，在场的人无不聚精会神地看着。仪式越接近尾声，汤姆·肯逊的脸色变得越惨白，他的心灵被一种不断加深的痛苦和沮丧之情笼罩起来，良心上更加悔恨和不安。

终于到了最后一项仪式。坎特伯雷大主教拿起垫子上的英国国王的王冠，举在身子哆嗦的冒牌国王头顶。片刻间，宽敞的交叉甬道上闪烁起一片彩虹般的光芒。因为这时候众贵族人人都动作齐整地拿来各自的冠冕，举在头顶上——一动不动地保持着这样的姿势。

大教堂笼罩在一片深沉的寂静肃穆之中。在这令人难忘的时刻，一个可怕的幽灵闯了进来——万众聚精会神之时，没一个人发现这幽灵，只有这幽灵出现，走过中间的那条过道，大家才注意到了。只见那是个男孩子，光着脑袋，鞋袜都已破烂不堪，身上穿着的是平民穿的、几乎成了破布片的衣衫。他举起一只手，那庄严的神态与他那满身污垢的可怜相反差太大了。他发出了一声警告：

“我不允许你们把英国的王冠戴在这个假冒的国王头上。我才是国王！”

说时迟，那时快，有几个人怒气冲冲地伸出手就要抓那孩子，但是那帝服在身的汤姆·肯逊抢先一步走上前去，用响亮的声音喊道：

“快放了他，不许动！他确实是国王！”

全场的人个个惊恐万状，乱成一片，有的人从座位上站起来，惊惶地面面相觑，又转而打量这场戏里的两个主角，仿佛纳闷，自己这是神志清醒，还是睡着在做梦。摄政王也和大家一样，呆若木鸡，但他很快就回过神来，用威严的声音喊道：

“不要听皇上的话，他的老毛病又发作了。把那野孩子抓起来！”

要不是那冒牌的国王跺着脚，大声说，真还有人执行起他的命令呢：

“谁敢！别碰他，他是国王！”

伸出去的手又缩回来。大家都惊得像泥塑木雕似的，没人动弹，也没人说话。事实上在这稀奇而惊人的意外场合下，谁也不知道如何是好，该说什么。大家都在竭力让自己回过神来，弄清到底是怎么回事。这时候那孩子迈着坚定的步子继续往前走，举止高贵，信心十足。一开始他就没有踌躇不前。大家还在不知所措、束手无策的时候，他已上了教坛。那冒牌的国王高高兴兴跑过去迎接他，在他面前跪倒，说：

“哦，国王陛下，请允许可怜的汤姆·肯逊第一个向您宣誓效忠，对你说：‘恭请您戴上王冠，恢复王位！’”

摄政王严厉地盯着新来者的脸看起来，很快那严厉的神情就一扫而光，代之的是换上了惊讶的神色。其他的官员也有同样的感觉，他们相互对视了一番后，在共同的、无意识的冲动下，倒退一步，大家心里想的都是：“奇了，两个人多像！”

摄政王迷惑中思索了片刻，神情庄重而满怀敬意地说：

“请恕我冒昧，我想问几个问题，都是……”

“我会一一回答的，公爵。”

公爵问了许多有关宫廷、先王、王子和公主等问题。这孩子想也没想，对答如流，且非常确切，他把宫里举行朝政的房子和先王所住的房间和太子、公主的房间都描述了一遍。

太奇怪了！太奇妙了！是的，太难以置信了！大家听了都这么说。风向开始变了。汤姆·肯逊的希望随之高涨起来，摄政王却直摇头，说：

“说真的，这太奇妙了——可这些国王陛下也全会说清楚。”

汤姆·肯逊一听这话，一听还称他为国王，不免发起愁来，生

怕自己的希望要落空了。

“单凭这些还不足以说明问题。”摄政王又加了一句。

这时候风向确实变得很快，很快——不过是朝相反的方向吹的，吹得可怜的汤姆·肯逊跌倒在王座上，而把另一位吹到大海里去了。摄政王沉思了片刻——他直摇头——不得不暗自想道：“要是老缠着这么一个要命的不解之谜，对国家，对我们大家都很危险。这会害得国家分裂，王位不稳。”他转过身，说：

“托马斯爵士，把这个人抓起来——不，住手！”他面露喜色，又转而面对这破衣烂衫、可能是国王的孩子，问：

“国玺放在哪儿？老实回答我，谜就不成其谜了，因为只有威尔士太子才回答得出这问题。就是这么一个小问题却关系到王位和王朝的命运。”

能想到这点，太幸运、太叫人高兴了。大臣们都相互对视了一阵，流露出赞同的神色，报以无声的喝彩，说明大家的看法是相同的。不错，只有真王子才解决得了国玺失踪这难解之谜——准是有人告诉过这个可怜的小骗子许多宫里的事，但是遇到这问题，他那一套不管用了，因为连教他的那个人也回答不了这问题——啊，问得好，问得妙，果真好！这下这一棘手且危险的难题就可一举迎刃而解了。所以人人都悄悄地点头，心里偷着乐，以为会看到这个孩子有惊慌失措、犯了罪的表现。真是怪了，想不到他们居然什么也没见到，叫人惊奇的是，只听见这孩子想也不想，用自信、坚定的口气说道：

“你这问题丝毫不难回答，”他说罢，理也不理哪个，径自转过身，下起了命令，看那架势，他像是个惯于发号施令的主子：“圣约翰勋爵，你给我到宫中我的书房去——因为谁也不如你对那地方熟悉——那儿有扇通前厅的门，在离那门最远的左边一个角落里，你会在墙上找到一个铜的钉头形的东西，按一按，很快就会有只小珠宝箱打开来——这东西连你也不知道的——是的，除了我和设计这宝贝的工匠，世上没一个人知道。你首先看到的就是国玺。你去拿来。”

听了这话，大家全惊呆了，更惊奇的是，这个小叫花子指使起这位高官来，居然毫不犹豫，丝毫不怕出差错，还指名道姓，那一副自信的样子，好像他都认识他一辈子了。这高官惊讶之余，乖乖地听令了。他甚至还做个要去的动作，可很快就恢复了镇定，脸上涨红了起来，表示承认自己太冒失了。汤姆·肯逊转身狠狠地对他说：

“你还迟疑什么？没听见皇上的圣旨吗？去！”

圣约翰勋爵深深地鞠了一躬——大家都注意到，这个躬鞠得非常谨慎，有点含糊，不是明显针对两个国王中的哪个，而是在向两者中间地带鞠的——然后离去。

这时候组成这群高官显贵圈子中的各分子一个个活动起来，动作慢吞吞的，几乎看不出在动，事实上是在动，继续不断地在活动，就像是个慢慢转动的万花筒，其中那一串艳丽的花团中的一些组成分子散开来，又与其他一些分子合拢在一起。这么一来，围在汤姆·肯逊四周的那一班盛装打扮的人开始解体，纷纷聚拢在那新来者的身边。汤姆·肯逊几乎成了孤家寡人了。接下来是一阵令人惴惴不安的等待——其间甚至连那些为数不多几个还留在汤姆·肯逊身边的胆小者也鼓起勇气，一个个溜走，溜到多数人那边去了。最后，身穿国王长袍、满身珠宝的汤姆·肯逊一个人完全孤单地立着，与世隔绝，形只影单，占了很大一个空间，好不引人注目。

圣约翰勋爵回来了。在他顺着中间过道走过来时，大家都变得兴致勃勃，这群人的低声谈话声也渐渐听不见了，四周是一片窒息人的寂静，他的脚步声因而听来也像是从远处传来的，低而沉闷。

他走近了，大家的目光都落在他身上。他上了教坛，犹豫片刻，接着向汤姆·肯逊走过去，深深地鞠了一躬，说：

“陛下，国玺不在那里！”

那一群高官显贵一听这话，吓得脸色苍白，丧魂失魄，顿时从这宣称是国王、穿得破破烂烂的小家伙身边逃离，其速度之快，比逃避一个害瘟疫的病人，有过之而无不及。一时间他完全是一个人孤单地立着，没有朋友，也没有支持他的人，成了人们蔑视和愤怒目光所集中的焦点。摄政王凶狠地喊道：

“把这叫花子赶到外面去，拿着鞭子抽他，让他游街示众。不值得再理会这小坏蛋了！”

卫队的军官冲上前正要执行命令，汤姆·肯逊挥手制止，说：

“回去！哪个敢动他，叫他没命！”

摄政王尴尬极了，他对圣约翰勋爵说：

“你好好找过了？——不过问也没用。这事太蹊跷了。鸡毛蒜皮的小东西，少了就少了，谁也不怎么见怪的。可如今是英国国玺这么重要的大东西，居然失踪了，没一个人知道它的蛛丝马迹——这么大的一只金饼子……”

汤姆·肯逊两眼闪闪发亮，忙走上前去，问：

“得了，这就够了。是不是个圆圆的——厚厚的——上面刻着字和花纹？是吗？现在我才知道，惹得你们大惊小怪、急着要找的国玺，原来是那玩意儿。要是你们早给我说清，早三星期前就找到了，我知道它在哪儿。那可不是我搁在那儿的——我说的是起初。”

“那是谁放的，皇上？”摄政王问。

“就是他，立在那儿的那个——英国的真国王。他会告诉你国玺在哪儿。你们就会相信，他本来是知道的。你想想，国王——动动脑子，想想你穿上我的一身破烂货，冲出去要惩罚那个欺负过我的卫兵时，最后做的是件什么事。”

接着是一阵寂静，没人动弹，没人说话。大家的目光全注视着这新来者。他站着，低垂着脑袋，皱眉蹙额，从自己脑子里一大堆乱糟糟、一钱不值的回忆中寻找一件影影绰绰的小事，找到了，他就能登上王位；想不起来，他就得回去过旧日子——无论如何，只好再做个叫花子和流浪儿了。时间分分秒秒过去，这孩子还在默默地搜尽枯肠，毫无表示。最后，他一声叹息，慢慢地摇摇头，嘴唇哆嗦，口气沮丧，说道：

"我想起了当时的场景——全都想过了——可就是想不起国玺。"他停了停，抬起头，口气温和而不失尊严地接着说，"诸位大臣和侍从，如果你们因为合法的国王提不出这证据，就剥夺了他的继承权，我也无能为力，阻挡不了你们。但是……"

"啊，皇上，你太傻了。你这不是疯了吗？"汤姆·肯逖惊慌地说，"别急！再想想！别放弃！——现在还不是失败的时候，而且绝不能失败！你听我说——每个字都听明白了——我这就把那天上午的事再说一遍，完全按当时的经过说。我们说了一会儿话——我对你说了我姐姐楠和贝特——啊，对了，这事你是记得的；我还说到了我的老奶奶——还说到垃圾大院的孩子们玩的那些粗野的游戏——对了，这些事你也记得的；好极了，再听我说下去，你听了就会全想起来的。你给了我吃的和喝的，还拿出王子的尊严，把那些仆人全打发走了，免得我这个出身低微的人，在他们面前丢你的脸——对了，这事你也记得的。"

汤姆把事情细细说出来，让另一个孩子来对证，对方听了连连点头。那些大小官员见了这情景个个都惊得目瞪口呆，听起来还真有这回事。可是一个是王子，另一个是叫花子，这么两个人怎么会凑到一起的呢？不可能。这样的朋友从来没见过，太有意思，又太不可思议了。

"为了好玩儿，王子，你我便交换了衣服。接着我俩就站在一面镜子前，两个人居然显得一模一样，便说，我们像是压根儿没换过衣服似的——对了，这事你也记得。后来你发现，那当兵的伤了我的手——你瞧！就在这儿，几个手指儿还很僵硬，害得我如今还写不了字哩。一见这情景，陛下跳了起来，发誓要向那个当兵的为我报仇，拔腿就向大门口跑去——你经过一张桌子——那个你们叫作国玺的玩意儿就放在那桌子上——你伸手拿了过去——焦急地东张西望了一阵，像是要找个地方把它藏起来——你一眼就见到了……”

“对了，用不着多说了！真得谢谢老天了！”那穿着破衣烂衫声称他就是国王的孩子异常兴奋地嚷了起来，“去，我好心的圣约翰勋爵，去找挂在墙上的米兰盔甲，它的护臂里就藏着国玺！”

“说对了，皇上，被你说对了！”汤姆·肯迭也嚷了起来，“现在英国的权杖归你了。要是再有人提出反对，那他不如生下就是哑巴的好！去，我好心的圣约翰勋爵，愿你两脚长上翅膀，飞着找去！”

在场的人再也坐不住，全都站了起来，显得又不安，又焦急，又兴奋。台上台下的人发了疯似的说起来，声音很高，震耳欲聋，一时间大家什么也不知道，什么也听不清，听到的只有身边的人凑着自己耳朵说的话，或是自己对着别人耳根嚷出来的话。不知不觉间时间飞快过去——谁也不知道过了多久了。房子里突然静了下来。与此同时，圣约翰勋爵出现在台上，一手高高举着国玺。紧跟着响起了震耳欲聋的欢呼声：

“真国王万岁！”

喊声和乐队的乐声震天响了五分钟之久，白手巾挥舞，房子里像是在纷纷扬扬下着大片大片的白雪似的。在这片狂欢乱舞中，一个衣装褴褛的孩子站在宽敞的教坛中央，他是全英国最显赫的人物，满脸绯红，欢天喜地，得意扬扬，周围跪着一大片全国的高官大臣。

不久全体站立，汤姆·肯逖高声说道：

“国王陛下，这身国王的礼袍现在你收回吧，把那些破烂货还给可怜的汤姆，你的奴仆吧。”

摄政王高声道：

“把这个小坏蛋身上的衣服剥下来，关他到伦敦塔里去！”

真正的国王说：

“不能这么做。要是没有他，我就不可能恢复王位——谁都不能伤害他一根毫毛。说到你，我的好舅舅，摄政王，你这种做法对这可怜的孩子未免太忘恩负义了。我听说他封了你为公爵。”——听到这里，摄政王涨红了脸，“但是他并不是国王，所以你那高贵的封号有什么价值？明天你再来向我申请吧——要通过他。现在你还不是公爵，只是勋爵罢了。”

萨默赛特公爵挨了一顿数落后，便知趣地从前排后退了。国王转而对汤姆说，口气温和：

“我都记不得国玺放到哪儿去了，你却记得，这是怎么回事？”

“这不难，皇上，因为我使用过几天。”

“你都使用过，那怎么说不清它放在哪儿呢？”

“我不知道你们要的就是它，他们没有给我仔细说过，陛下。”

“那你都怎么用的呢？”

汤姆的脸蛋偷偷地变得血红，垂下了眼皮子，一声不吭。

“说出来，好孩子，什么也别怕。”国王说，“你是如何使用英国的国玺的？”

汤姆慌慌张张、支支吾吾了好一会儿，才说：

“用它来敲坚果！”

可怜的孩子，大伙一听发出山崩地裂般的笑声，差点没轰得他倒下台去。如果还有人不相信汤姆·肯逖不是真正的英国国王，认为他对皇家的事情一清二楚，听了他这番回答，那么这怀疑该一扫而光了。

说话间那身华丽的国王礼袍已从汤姆的身上换到了国王身上，把他身上原有的破烂货全遮盖住了。接着加冕典礼继续进行。真国王受了涂油礼，王冠也戴上头，与此同时轰隆隆的炮声把这消息传遍了全城，整座伦敦城被欢呼声和喝彩声震得地动山摇。

第三十三章　爱德华登基

迈尔斯·亨登没卷入伦敦桥那一场混战前，还是挺“阔气”的，此后就更加“风光”了。上伦敦桥前，他多少还有几个钱，出了桥，他就身无分文了。他的钱被扒手偷了个精光。

不过这倒也无妨，只要找到那孩子就好了。作为一名军人，他办事向来不冒冒失失，首先得把事情思前想后安排妥当再动手干。

这孩子必然会干些什么呢？他一定会去哪儿呢？不是吗——他思量道，他必然会去找自己从前的那些同伙，这也是神经不正常者的本能。他一身破烂，无家可归，哪怕是神经正常的人，也会那么做的。那么他从前的窝到底在哪儿呢？他那一身破烂，曾跟那个卑贱的坏蛋，还有那个自称他爸爸的家伙一起，这一切无不说明，他的家就在伦敦城最贫穷、最下等的一个地方。找到这个地方难吗？费时间吗？不，看来轻而易举，用不了多久就能找到的。他找的不单是一个孩子，而是一帮人。这帮人的人数不管是多是少，找起来容易还是困难，花的时间是长是短，在他们中间一准能找到自己可怜的小朋友。他一定会像过去那样，自称是国王，这伙龌龊的家伙一定会百般折磨他，惹恼他。到了那时，迈尔斯·亨登就要叫几个人吃点苦头，带走自己这个小朋友，好言好语安慰他，让他高兴起来，两个人永远也不离不弃。

于是迈尔斯·亨登就开始找寻了起来。他在一些背街冷巷和肮脏的大街找了一小时又一小时，出入过大大小小的人群，都一无所获，信息全无。这很使他吃惊，但他并没有灰心失望。在他的观念里，他寻人的计划并没有任何漏洞。唯一没有考虑到的是实现这计划得花很长时间，原来他以为短时间内就能办到的。

天都亮了，他已经跑了好几英里的路，找过好几群人，结果把他累垮了，而且又饿又困。他好歹得吃点东西，可哪里搞得到吃的呢？他压根儿没想到行乞。把长剑典当掉吗，那无异于失掉自己的尊严。他倒是可以把身上的衣服卖掉，但是哪有这样的买家，他们这不是惹病上身吗？

到了中午，他还在瞎转悠——这时他就混在那些跟着堂皇出巡行列后面的乌七八糟的人群中。他断定，这么宏大的场面对自己那神经错乱的小朋友一定非常有吸引力。他就跟着出巡队伍走了伦敦城的那些曲里拐弯的小街小巷，一直到了威斯敏斯特宫和大教堂。他就混在附近的人群中，闯来撞去，跑了好长时间，把他累垮了，好不懊恼和困惑。最后他还是埋头想着心事，离开了。他要设法完善自己找人的计划。慢慢地他不再思索，定下神来，终于发现，这城市已被他远远地抛在了身后，而白天眼看着过去了。他就在泰晤士河边，到了乡村地界。这里是讲究的乡间别墅区——这种地方对他这身打扮的人是不欢迎的。

天气并不冷，他就在一排篱笆的背风处，摊开四肢躺了下去休息休息，好生想想。很快困倦袭击了他，他的意识模糊起来，远处微弱的隆隆炮声随风飘入他的耳际，他自言自语："新王加冕了。"随之他很快就进入了梦乡。此前他已有三十多小时没睡过觉，没休息过，直睡到第二天上午快过了一半他才醒来。

他爬了起来，只觉得手脚僵硬，行动艰难，又饿得半死。他在河边洗了脸，空空的胃里灌进一升多水，一瘸一拐地朝威斯敏斯特宫走去，暗自嘟嘟哝哝，直埋怨自己浪费了这么多时间。饥肠辘辘中他倒是想到了一个办法。他一定要设法找到汉弗莱·马洛爵士，跟他谈谈，借几马克，然后再……目前能做到这点算是不错了，不必多想，只要能做到这一步，就有足够的时间实现下一步计划了。

快到十一点钟，他到了王宫前。他的周围尽是鲜衣亮服、有身份的人，因而他非常引人注目，那是他一身装束引起的。他仔细打量这些人的面孔，指望能找到一个好心人，帮忙替他的名字传给那老副官——要说他自己设法进宫去，那是万万不可能的。

这时候我们那位代鞭童正好从他身边经过，代鞭童突然转过身子，细细打量起他，自言自语道："要是他不是皇上急着要找的那个流浪汉，那我就是一头蠢驴了——虽说过去我是有点傻。他跟皇上说的那人丝毫不差——上帝造出这么两个一个模子里出来的人，也算是多此一举了，这种奇迹就不值钱了。我得设法找个话头跟他聊聊。"

迈尔斯·亨登用不着让他费心。他也转过身去——一个人要是被人从后面盯着，像是在施催眠术，他也会这么做的。他兴致勃勃地眼睛紧盯住这小孩的脸，上前一步，说：

"您刚从宫里出来，您是宫里当差的吧？"

"是的，老爷。"

"您认识汉弗莱·马洛爵士吗？"

这孩子吃了一惊，自言自语道："天哪！那可是我的已故老爹！"他接着大声答道，"说对了，老爷。"

"太好了——他在宫里吗？"

"是的，"不过又补充了一句，"是在九泉下。"

"能不能费心代我传句话，说我希望能见到他，有话跟他说？"

"我挺乐意帮你办这事，先生。"

"你就说，迈尔斯·亨登，理查德爵士的儿子，就在宫外——我将对你感激不尽，好孩子。"

那孩子听了有点失望。“国王可不是这样称呼他的，”他暗自说道，“不过这倒没有关系，也许那人和他是双胞胎兄弟。我相信他会给国王说出另外什么爵士的消息来的。”想到这里，他对迈尔斯说：“你就在那边等一会儿，先生，我这就去给你带个话来。”

亨登就去他指定的地方等着——那是宫墙上一个凹进去的小屋子，里面有一条石凳子——是遇到坏天气警卫躲风雨的地方。他刚坐下，就见一个军官领着几名持戟兵走过。那军官见了他，就叫士兵站住，命令亨登出来。他遵命出了小屋，那军官认为他是个可疑分子，偷偷跑到王宫干坏事来了，马上就逮捕了他。情况很不妙。迈尔斯正要解释，可那军官不让他说，并命令手下的士兵解除了他的武器，搜查了他的全身。

“仁慈的上帝，但愿他们搜出点什么来，”可怜的迈尔斯心想，“我自己也搜过，可什么也没找到，我倒是比他们更需要一些东西呢。”

是什么也没搜到，只搜出一封信。军官撕开信，亨登认出那是自己失踪的小朋友在他遭难那天写的歪七扭八的鬼画符，不禁微微一笑。军官一读用英文写的那一段，脸色铁青，而迈尔斯一听他念的，顿时脸色发白。

“又来了一个自称是国王的，”军官嚷了起来，“如今这种人就像兔子，繁殖起来还真迅速。把这家伙抓起来，弟兄们，记住，要看紧他。我这就把这宝贝信送进宫去，交给国王。”

他匆匆地走了，犯人就交给了持戟兵来看管。

“我的倒运日子终于到头了，”亨登喃喃道，“就为了这封信，我一准要上绞刑架了。可我那可怜的孩子现在到底怎么样了呢？唉，只有上帝知道。”

不久他看见那军官回来了，来得匆忙。于是他拿出勇气来，准备像个大丈夫迎接厄运的降临。那军官命令士兵给犯人松绑，把长剑还给了他，然后恭恭敬敬对他鞠了一躬，说：

“请，大人，请跟我来。”

亨登跟了过去，心想：“如果我这不是去接受审判，不是去死，那得多作点孽，瞧这坏蛋假装客客气气的，那就掐死他得了。”

两个人穿过一个有很多人的大厅，到了王宫的大门口，那军官又鞠了一躬，把他交给一个穿着官服的大官手里，那大官恭恭敬敬地接待了他，引领他穿过一个大厅往前走。只见大厅两旁站着一排排服饰很华丽的仆役（仆役们在他俩经过的时候都恭恭敬敬地行礼，但是等我们这位稻草人似的贵人刚一转身，他们就悄悄笑得要死）。后来又领着他上了一道很宽的楼梯，在一群群体面的人物当中穿过，最后到了一个非常大的房间里，他替亨登在一大堆英国贵族中间开出了一条路，一鞠躬后，他提醒亨登把帽子脱掉，让他一个人站在房间中央，害得他成了大家注目的中心，不少人愤愤不平地冲他皱眉头，更有许多人又开心、又鄙夷地冲他笑。

迈尔斯·亨登被弄得手足无措。年轻的国王就端坐在堂皇的华盖下，离他有五步之遥，向旁边的人低下头，跟一个极乐鸟似的人说话——他大概就是公爵。这时候亨登心里在想，自己年纪轻轻，正当壮年，就被判了死刑，哪怕不会当众受辱，这也够倒霉的了。他希望国王快点给他治罪——他身边有几个穿戴艳俗的人让他看得直恶心。这时候，国王慢慢抬起头来，亨登一看那脸惊得喘不过气来了！他呆呆地站着打量这张年轻漂亮的脸孔，自己成了泥塑木雕的人了。猛地他大喊了起来：

“天哪，宝座上坐着的竟是梦幻王国的国王！”

他还是盯着看，惊愕中又嘟嘟哝哝些不连贯的话。过了一会儿，转身看了看四周，打量那一群穿着绫罗绸缎的人物和豪华的大厅，嘴里直嘀咕：“可这些全是真的——千真万确——完全不是做梦。”

他又看了看国王——心想：“是梦吗……那真的是英国的国王，而不是我说的那个疯人院里的孤苦伶仃的可怜汤姆——谁解得了这个谜？”

他眼睛一亮，突然有了主意，迈着大步来到一堵墙前，拿回一把椅子，放在地上，坐了下去。

登时爆发出一阵愤怒的声音。一只粗暴的手按在了他的肩上，同时有人嚷道：

“站起来，你这不懂规矩的野人！你怎么敢在皇上面前坐下？”

这阵骚乱引起皇上的注意，他伸出手，喝道：

“不可动他，他有这权利！”

大家吃惊不小，纷纷退回去。国王接着说：

“大家都听好了，太太和小姐们，大臣们和侍从们，他是我忠诚、非常喜欢的仆从迈尔斯·亨登，是他抽出他那利剑，相救我免受伤害，也许还救过我一命——我因此封他为爵士。你们还要知道，他还立了更大的功劳，那就是使国王免挨鞭子，免受羞辱，是他自己代我受罚，因此封了他为英国贵族，封他肯特伯爵，还要赐他与这爵位相称的钱财和领邑。此外，他刚才行使的这特权也是国王亲赐的，我已颁布过圣旨。特许他一家子孙后代，凡是老大都有权在英王面前坐下，世代相袭，王位存在一天，这特权都不得取消。你们不要骚扰他。”

有两个人来迟了，上午没有及时从乡村赶到，这时候离这大厅还要走五分钟的距离。他俩站着听国王讲了上述这番话，眼望着国王，又望了望这衣衫褴褛的人，再望了望国王，不觉惊慌失措起来。他俩就是修爵士和伊迪丝小姐。但是这新领爵位的人却没有注意到他俩。他还在盯着皇上看，傻傻地，自言自语。

“哦，天保佑！这就是我那个小叫花子吗？这就是那个小疯子

吗？还是那个我想要让他见识见识有七十七间房间和二十七个仆人的宏伟房子的人吗？他就是那个只穿破衣烂衫、挨人拳打脚踢、只吃人家残羹冷饭的人吗？他就是我收留下的、想让他做个体面人的流浪儿吗？愿上帝赐我一只袋子好把我的脑袋藏进去！”

过了一会儿他忽然想起了礼仪，便跪了下去，双手让国王捧着，发誓对皇上尽忠，为自己受封领邑和爵位而谢恩。然后他站起身，恭恭敬敬立在一旁，又成了众人注目的中心——也让人羡慕不已。

这时候国王注意到了修爵士，眼冒火光，怒气冲冲地对他说：

“剥掉这强盗的伪装，剥夺掉他偷窃得来的财产，把他关起来，等我来给他算账。”

被剥夺了爵位的修爵士被领了出去。

这时候房间的另一端引起一阵骚动。人群向后退，汤姆·肯逖身穿一件非常讲究而特别的衣服，由一名前导官领着，在两道人墙间走过来，跪倒在国王面前。国王说：

“我已听说你这几星期的事，我非常为你高兴。你以帝王慈悲和仁义之心治理国家。你找到自己的母亲和姐姐了吗？很好，我们会好好照顾她们的——说到你父亲，如果你同意，法律也允许，要治他绞刑的。现在能听得到我说话的人都听好了，从今天起，凡是生活在基督教养院里享受国王恩惠的人，除保证他们吃饱穿暖，还要为他们提供心灵的营养。我要这孩子待在那里，终生担任该教养院管理人员的头目，因为他当过国王，大家对他应该比对一般人要恭敬一些。你们特别要注意他这身衣服，他要靠这身衣服表示自己与别人不同，这衣服谁也不许仿效。今后他所到之地，这衣服就提醒大家，他是做过国王的，谁也不许对他不礼貌，必须对他鞠躬。他有国王为他撑腰，受皇上保护。现在我宣布他为‘受国王保护的人’。”

汤姆·肯逊站起来，又得意，又开心，吻了吻国王的手后，被引领了出去。他马不停蹄，立刻飞奔去找妈妈，把自己的经历全告诉她、楠和贝特，让她们听了这大好消息和他一起来分享。

尾声　善恶有报

真相大白后，据修·亨登招认，原来那天伊迪丝是按她丈夫的命令才在亨登宅邸否定认识迈尔斯的，而且还威胁她说，要是她不否认他是迈尔斯·亨登，而坚持承认，就要她的命。但她当时坚持说，她不会这么做，反正她的命不值钱。后来丈夫说，他可以饶她一命，但迈尔斯非除掉不可！这样，情况就不同了。所以她答应下来，便说自己不认识迈尔斯了。

修没有因为自己的威胁行为和窃取哥哥的财产与爵位受到惩处，因为他的妻子和哥哥都不愿出来为他的罪行作证——即使伊迪丝要作证，迈尔斯也不同意。后来修放弃了妻子，跑到欧洲大陆去，不久就死了。很快肯特伯爵跟修的寡妇结成夫妻。这对夫妇第一次回到亨登宅邸的时候，村里为此好好庆祝了一番。

约翰·肯逊从此下落不明，音讯全无。

国王找到了那个被烙了火印、又被卖为奴隶的农夫，和那“老大”及那一伙人都从那罪恶的生活中解救出来，过上舒心的日子。

他还把那老律师从牢里放出来，退还了罚金。他也替自己亲眼目睹在火刑柱上被烧死的那两个浸礼女教徒的女儿安顿好了她俩的家，严厉惩罚了那个毫无道理鞭打过迈尔斯·亨登的军官。

他救了那个捉回逃鹰而被罚的小学徒和那个偷了织布匠一点布料的女人，使他们免受绞刑。他还想救那个打死宫苑的鹿的人，但还是晚了一步。

他当初被栽赃，说他偷了烤猪，结果法官可怜他。他对那法官也施了皇恩，结果令他高兴的是，那法官更加受人尊敬，成了一名为人所尊重而伟大的人物。

国王有生之年非常喜欢把自己的这一段经历说给别人听，说得很详细，从那卫兵如何把他从宫门赶出去，到最后如何在半夜三更机警地混进一群匆匆忙忙的工匠中，后来溜进了大教堂；说到他进来后，又是如何爬到爱德华王的坟墓上藏起来，第二天在那儿睡了很久，待他醒过来，差点错过了加冕典礼。他说，他常把这宝贵的教训给人说说，好让自己永远抱定决心，以此为戒，多给百姓造些福。因此只要他一息尚存，就要讲这故事，好让自己这一段悲惨的经历在脑海中永远保持清晰的印象，使自己心中始终留有仁慈的源泉。

国王为时不长的在位时期，迈尔斯·亨登和汤姆·肯逖始终是他最喜欢的人。他死后，是这两个人成了他最真切的哀悼者。善良的肯特伯爵思想高尚，他并没有滥用自己的特权。不过除了上文所提到过的那一次，他去世前，只行使过两次这特权。一次是玛丽女王登基时，另一次是伊丽莎白女王的登基。他的后裔在詹姆士一世即位时用过一次，后来这后裔的儿子隔了二十五年之久又使用过一次。“肯特家族的特权”一事在人们的记忆中渐渐地被淡忘了，因此后来肯特伯爵朝见查理一世，在国王面前坐下来，行使自己家族特权时，确实引起了很大的轰动。但经一番解释后，这特权依然被肯定了。这个家族的最后一个伯爵在共和政治时代为国王出征，在国外阵亡了。这古怪的特权随着他的去世而告终。

汤姆·肯逖享有高寿，他年迈时白发苍苍，依然长得很英俊，是个威严而仁慈之人。他在世时深受世人的尊敬。他也得到人们的爱戴，他那奇特的服装始终提醒人们，不由得使人想到“他曾经当过国王”。所以不论他去哪里，路两旁的人们都会自动向后退，给他让路，且交头接耳起来。“脱帽吧，他可是受国王保护的人。”——于是大家就对他施礼，他也温和地笑着答礼——大家都珍惜他的微笑，因为他毕生的经历都很光荣。

是呀，爱德华六世只活了短短几年，不幸的孩子，但他活得很有价值。不止一次，有那么一位大官，或国王的大臣，反对国王的宽厚待人，与他发生过争辩，说是某条法律条款已经够宽大了，人们并没感到痛苦和受压迫，谁也不介意，可年轻的国王还是有意要修改，听了对方的辩驳，便把充满同情的双眼转过去，露出凄怆的神情，回答说：

“你知道痛苦和受压迫的滋味吗？我和我的子民都知道，可你不知道。”

在那严酷的时代，爱德华六世在位的那几年可算是特别仁慈的时期。不过我们还是要与他作别，让他的功德永远留在我们的心中，永记不忘。

翰墨文学馆

HANMO WENXUEGUAN

童　年	〔苏联〕高尔基　著	李辉凡　译
我的大学	〔苏联〕高尔基　著	郭家申　译
在人间	〔苏联〕高尔基　著	李　蟠　译
巴黎圣母院	〔法〕雨果　著	李玉民　译
昆虫记	〔法〕法布尔　著	陈筱卿　译
八十天环游地球	〔法〕凡尔纳　著	陈筱卿　译
格列佛游记	〔英〕斯威夫特　著	白　马　译
悲惨世界	〔法〕雨果　著	李玉民　译
基督山伯爵	〔法〕大仲马　著	李玉民　译
木偶奇遇记	〔意大利〕科洛迪　著	刘月樵　译
名人传	〔法〕罗曼·罗兰　著	陈筱卿　译
鲁滨孙漂流记	〔英〕笛福　著	鹿　金　译
简·爱	〔英〕夏洛蒂·勃朗特　著	宋兆霖　译
飘	〔美〕米切尔　著	朱攸若　译
格林童话	〔德〕格林兄弟　著	杨武能　译
安徒生童话	〔丹麦〕安徒生　著	石琴娥　译
高老头	〔法〕巴尔扎克　著	郑克鲁　译
莫泊桑短篇小说精选	〔法〕莫泊桑　著	柳鸣九　译
汤姆·索亚历险记	〔美〕马克·吐温　著	莫雅平　译
飞鸟集	〔印度〕泰戈尔　著	吴　岩　译
一千零一夜	〔阿拉伯〕佚名　著	郅溥浩　译
爱丽丝漫游奇境	〔英〕卡罗尔　著	黄建人　译
假如给我三天光明	〔美〕海伦·凯勒　著	夏志强　译
古希腊神话与传说	〔德〕施瓦布　著	高中甫　译
茶花女	〔法〕小仲马　著	李玉民　译
伊索寓言全集	〔古希腊〕伊索　著	刘　荣　译
瓦尔登湖	〔美〕梭罗　著	王义国　译
欧·亨利短篇小说精选	〔美〕欧·亨利　著	王晋华　译
欧也妮·葛朗台	〔法〕巴尔扎克　著	郑克鲁　译
契诃夫短篇小说精选	〔俄〕契诃夫　著	朱宪生　译
爱的教育	〔意大利〕亚米契斯　著	刘月樵　译

呼啸山庄	〔英〕艾米莉·勃朗特 著	宋兆霖 译
堂吉诃德	〔西班牙〕塞万提斯 著	刘京胜 译
海底两万里	〔法〕凡尔纳 著	陈筱卿 译
复 活	〔俄〕列夫·托尔斯泰 著	李辉凡 译
大卫·科波菲尔	〔英〕狄更斯 著	宋兆霖 译
地心游记	〔法〕凡尔纳 著	陈筱卿 译
培根随笔集	〔英〕弗兰西斯·培根 著	王义国 译
傲慢与偏见	〔英〕奥斯丁 著	张经浩 译
神秘岛	〔法〕凡尔纳 著	顾微微 译
吹牛大王历险记	〔德〕拉斯伯 著	邵灵侠 译
红与黑	〔法〕司汤达 著	罗新璋 译
绿山墙的安妮	〔加〕蒙哥玛丽 著	姚锦镕 译
汤姆叔叔的小屋	〔美〕斯托夫人 著	李自修 译
钢铁是怎样炼成的	〔苏联〕奥斯特洛夫斯基 著	周 露 译
三个火枪手	〔法〕大仲马 著	李玉民 译
尼尔斯骑鹅历险记	〔瑞典〕拉格洛夫 著	石琴娥 译
雾都孤儿	〔英〕狄更斯 著	黄水乞 译
小王子	〔法〕圣埃克苏佩里 著	尹丽丽 译
安娜·卡列尼娜	〔俄〕列夫·托尔斯泰 著	力 冈 译
草原上的小木屋	〔美〕怀尔德 著	郑 澈 译
苦儿流浪记	〔法〕马洛 著	唐 珍 译
捣蛋鬼日记	〔意大利〕万巴 著	方小济 译
少年维特的烦恼	〔德〕歌德 著	杨武能 译
柳林风声	〔英〕格雷厄姆 著	吕 萍 译
父与子	〔德〕埃·奥·卜劳恩 绘	博 文 译
福尔摩斯探案集	〔英〕柯南·道尔 著	王逢振 译
老人与海	〔美〕海明威 著	张炽恒等译
母 亲	〔苏联〕高尔基 著	吴兴勇等译
秘密花园	〔美〕伯内特 著	朱碧恒等译
金银岛	〔英〕斯蒂文森 著	张贯之 译
居里夫人自传	〔法〕玛丽·居里 著	陈筱卿 译
水孩子	〔英〕金斯利 著	张炽恒 译
小鹿班比	〔奥〕费利克斯·萨尔登 著	杨曦红 译
绿野仙踪	〔美〕弗兰克·鲍姆 著	张炽恒 译

哈姆莱特	〔英〕莎士比亚　著	朱生豪　译
夜莺与玫瑰	〔英〕王尔德　著	林徽因　译
莎士比亚悲剧喜剧集	〔英〕莎士比亚　著	朱生豪　译
人性的弱点	〔美〕戴尔·卡耐基　著	尹丽丽　译
蒙田随笔集	〔法〕蒙田　著	肖　亮　译
安妮日记	〔德〕安妮·弗兰克　著	杨　平　译
了不起的盖茨比	〔美〕菲茨杰拉德　著	沈学甫　译
百万英镑	〔美〕马克·吐温　著	曹润雨　译
战争与和平	〔俄〕列夫·托尔斯泰　著	肖　亮　译
牛虻	〔英〕伏尼契　著	曹玉麟　译
童年在人间我的大学	〔苏联〕高尔基　著	李辉凡等译
梦的解析	〔奥〕弗洛伊德　著	姜春香　译
国富论	〔英〕亚当·斯密　著	陈　虹　译
道德情操论	〔英〕亚当·斯密　著	尹丽丽　译
沉思录	〔古罗马〕马可·奥勒留　著	陈　虹　译
猎人笔记	〔俄〕屠格涅夫　著	张晓林　译
王子与贫儿	〔美〕马克·吐温　著	姚锦镕　译
月亮和六便士	〔英〕毛姆　著	王晋华　译
乌合之众	〔法〕古斯塔夫·勒庞　著	谷　珊等译
仓央嘉措诗编	〔清〕仓央嘉措　著	
浮生六记	〔清〕沈复　著	
稻草人	叶圣陶　著	
宝葫芦的秘密	张天翼　著	
呼兰河传	萧　红　著	
鲁迅杂文精选	鲁　迅　著	
朝花夕拾	鲁　迅　著	
呐喊	鲁　迅　著	
你是人间的四月天	林徽因　著	
朱自清散文精选	朱自清　著	
徐志摩精选集	徐志摩　著	
傅雷家书	傅　雷　著	
茶馆·龙须沟	老　舍　著	
骆驼祥子	老　舍　著	
四世同堂	老　舍　著	